Stefani Kang

Im Zeichen des Dämons

Kriminalroman

Bibliografische Information der Deutschen
Nationalbibliothek:
Die Deutsche Nationalbibliothek verzeichnet diese
Publikation in der Deutschen Nationalbibliografie;
detaillierte bibliografische Daten sind im Internet über
http://dnb.dnb.de abrufbar.

Herstellung und Verlag: BoD – Books on Demand,
Norderstedt
ISBN: 9783755754954

INHALT

1 ANKUNFT AUF BALI

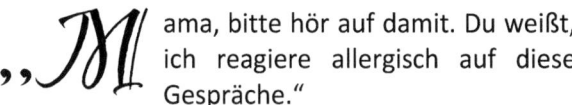 „*M*ama, bitte hör auf damit. Du weißt, ich reagiere allergisch auf diese Gespräche."

„Kind, ich mein es doch nur gut. Ja, ja, ich sag nichts mehr."

Mit enttäuschter Miene tupft sich Frau Miebach die feuchte Stirn trocken. Abgeschlagen und ausgelaugt von dem ungewohnt langen Flug, schafft sie es nicht mehr wie sonst üblich, ihre stolze, aufrechte Haltung einzunehmen. Dazu diese unheilvolle Unterhaltung. Sie möchte liebevoll sein, aber immer kommt es anders an.

Ellen und ihre Mutter Maria stehen in der Schlange an der Immigration im Flughafen von Denpasar. Den Schalter „Visa on Arrival" konnten sie sich glücklicherweise sparen, sie haben ihr Visum schon in Deutschland erhalten. Nun stehen sie in der langen Schlange vor einem der vielen Kontrollschalter in der riesigen Ankunftshalle des neuen Flughafens in Denpasar und bewegen sich mit Gänsefußschrittchen vorwärts.

Sie haben mal wieder eines dieser elenden Gespräche, welche Ellen absolut nicht ausstehen kann. Es handelt sich um die Tatsache, dass sie immer noch unverheiratet ist, keine eigene Familie gegründet hat, womöglich gekrönt mit einem Kind natürlich. Etwa so, wie es ihre Mutter ihr „in Perfektion" vorgelebt hat. Und dabei wäre es Ellen, ehrlich betrachtet, nicht unangenehm gewesen, hätte sich diese Lebensform so bei ihr eingestellt. Es ist aber nicht so gekommen, und dies war Ellen dann auch wieder recht. Jedenfalls ist sie mit ihrem Singleleben zufrieden, sie vermisst nichts. Egal, wie ihr Leben bisher gelaufen ist, sie ist rundum glücklich und gesellschaftliche Normen sind ihr egal. Umso mehr nervt sie dieses stetige Genörgel ihrer Mutter.

Frau Miebach versteht dies alles nicht. Nicht nur, dass Ellen es versäumt hat, eine ordentliche Familie zu gründen, nein. Dazu gesellt sich die Tatsache, dass Frau Miebachs Tochter nicht einmal einer geregelten Arbeit nachgeht. Maria Miebach lebt allein in Deutschland. Ihr Mann ist vor wenigen Jahren gestorben. Die alte Dame hat sich aber immer noch nicht so recht an den Alltag allein gewöhnt. Zu sehr hatte das dominante gesellschaftliche Leben ihres Mannes auch ihren Tagesablauf geprägt. Hinzu kommt die Tatsache, dass die einzige Tochter recht weit weg wohnt und deshalb oft unerreichbar ist.

Ellen hat ihren Deutschlandaufenthalt hinter sich gebracht mit Weihnachtsmärkten und

Kundenakquise und dergleichen. Nun, da sie ihren Job für diese Saison zu Ende geführt hat und es sie wieder zurück nach Bali drängt, hat sie sich kurzerhand dazu entschlossen, ihre Mutter mitzunehmen. Sie hat ein schlechtes Gewissen, sich nicht genügend um ihre Mutter zu kümmern. Diesmal hat sie es nicht übers Herz gebracht, sie schon wieder allein zu lassen. Es ist ihr durchaus bewusst, dass mit diesem Entschluss einige etwas komplizierte Wochen vor ihr liegen. Jedes Mal, wenn ihr dieser Gedanke kommt, versucht sie, sich sofort abzulenken. Ellen mag gar nicht so sehr darüber nachdenken. Einfach in den Tag leben und das Beste aus jeder Situation machen, ist ihre Devise.

Die Warteschlange geht wie immer schleppend voran. Man steht sich die Beine in den Bauch. Ellen überlegt, wo sie ihre Mutter unterbringen könnte, da wird endlich der Schalter vor ihr frei. Aus ihrem Gedankenbrei entrissen, tritt sie schnell vor den Beamten und begrüßt ihn respektvoll mit einem kleinen Lächeln auf den Lippen: „Good Morning, Mister, these are our passports. *I am travelling with my Mom. She does not speak english"*, kommt es wie Geplätscher aus ihr heraus, dabei nickt sie ihren Kopf in Richtung Mutter. Der Beamte beäugt routinemäßig die notwendigen Einträge, haut zweimal kräftig seinen Stempel dazu und nickt auffordernd weiterzugehen. Obwohl Ellen fließend Indonesisch spricht, lehrte sie die Erfahrung, dass es besser ist, mit Immigrationsbeamten auf Englisch zu kommunizieren. Und das freundlich zwar, aber möglichst übertrieben und mit starkem Akzent. Folglich können die Beamten sie nur schwer verstehen. Sie verlieren ihre Komfortzone, sie wirken unsicher. Fragen werden dann nicht mehr gerne gestellt.

Früher dachte Ellen, es sei angebracht, freundlich zu sein. Höflich auf Indonesisch zu reden. Ihr Bemühen, die Sprache erlernt zu haben, zu zeigen. Aber das brachte ihr keinerlei Vorteile. Im Gegenteil, der Beamte sah hierin eine Aufforderung, der Sachlage genauestens nachzugehen. Hier war er in seinem Element. Der Sprache mächtig, wiegt er sich auf sicherem Terrain und kommt direkt von der dominanten Seite. Fragen nach Hinz und Kunz, wann, wo, wie, warum. Letztendlich sind dann auch mal zweideutige Einladungen nicht ungewöhnlich.

Immigrationsbeamte sind schon ein eigenartiges Völkchen für sich. Ellen würde sagen, sie bilden global gesehen eine eigene Nation.

Die erste Hürde ist geschafft. Am Rollband wartend, sieht sie ihr Gepäck näherkommen. Ihr Koffer ist mit einem Kreuz markiert. Das ist ein Kennzeichen für die Zollkontrolle, dieses Gepäckteil genauer zu prüfen. Ellen kommen leichte Bedenken. Sie überlegt, was sie eingepackt haben könnte, das die Aufmerksamkeit der Zollbeamten erregt hat. Wird vermutlich der Kabelsalat sein. Akku und diverse Ladekabel nehmen einen Teil in ihrem Koffer ein und erregen Verdacht. Sie hat keine Schmuggelware dabei und kann sich sonst nichts anderes vorstellen. Man verlangt von ihr, den Koffer zu öffnen. Sie hat diesbezüglich immer etwas Pech. Anscheinend entspricht sie genau dem Typ Reisenden, der gerne mehr mitnimmt als erlaubt. Aber Ellen macht sich weder aus Zigaretten noch aus Spirituosen etwas. Das Bali-Bier reicht ihr vollkommen. Der Beamte fragt, was denn drin ist, und sie antwortet kurz angebunden: „Ladekabel!". Während sie den Koffer öffnet, strömt sogleich ein etwas strenger Geruch aus dem Inneren.

„Es ist der Käse!", beteuert sie und macht sich gleich freiwillig daran, eines der guten Stücke aus dem Plastikbeutel zu holen.

Etwas angewidert empfiehlt der Beamte, den Kofferdeckel schnell wieder zu schließen, winkt sie durch und ist froh, sich nicht weiter mit dieser Materie befassen zu müssen.

Als sie die Ankunftshalle verlassen, werden sie von einer Wolke schwüler, süßlich duftender Luft empfangen.

„Ach wie herrlich, endlich! So duftet Bali", entfährt es Ellen.

Mutter Miebach fächert sich ununterbrochen Luft zu. Dabei wirkt sie wenig entspannt. Sie scheint eine Art Hitzestau zu empfinden. Kein Wunder, sie hat sich für die Ankunft in Asien sichtlich unpraktisch gekleidet. Sie trägt ein Kostüm und Seidenstrümpfe, dazu unkomfortable, halbhohe Schuhe.

„Kind, das ist ja unerträglich, diese Luft", stammelt sie.

„Mama, ich hatte dir empfohlen, etwas Leichtes zu tragen. Aber keine Sorge, das Taxi ist gekühlt, ein wenig Geduld bitte."

Im Wagen sitzt jeder gedankenversunken in einer Ecke. Die Stimmung ist etwas gedämpft. Kein Gespräch kommt zustande. Selbst mit dem Fahrer kann Ellen heute nicht spaßen. Die Anwesenheit ihrer Mutter liegt ihr auf dem Gemüt. Ellen wird wieder von diesen dringenden Gedanken heimgesucht, ihr ein Quartier zu beschaffen, leider fällt ihr nichts Gescheites ein.

„Fürs Erste werde ich wohl mein Schlafzimmer abtreten müssen. Dann sollte sich aber schnell was ergeben, sonst dreh ich durch", schwirrt es ihr durch den Kopf.

Das Getute und Getöse der Mopedfahrer bringt sie wieder in die Gegenwart. Sie passieren mittlerweile den Kreisverkehr an der Ngurah Rai Statue. Des Nachts hell angestrahlt, zieht sie jeden Urlauber in seinen Bann und damit in die Versuchung, in eine magische Welt einzutauchen. Ellen beobachtet ihre Mutter, wie sie neugierigen Blickes die Statue begutachtet. Sie hegt schon die leise Hoffnung, dass der erste Bali-Zauber auch bei ihrer Mama seine Wirkung zeigt, als diese verlautet: „Was für ein geschmackloser Kitsch."

Es ist früh am Morgen. Die beiden Frauen sitzen am Frühstückstisch auf der neu angelegten überdachten Terrasse. Ellen hat sie letztes Jahr angebaut mithilfe der Tantiemen ihres Detektivhonorars aus dem Fall Britta König. Ausgerichtet gegen Nordosten bietet sie ein gemütliches Plätzchen, wenn das erste Sonnenlicht am frühen Morgen die feuchte Kühle der Nacht vertrieben hat. Gegen zehn, halb elf liegt sie nur im Halbschatten, sodass trotz langsam eintretender Mittagshitze man getrost den ganzen Tag hier verbringen könnte. Der Boden ist belegt mit weißen, flachen Natursteinen im Zementbett. Eine Holzbalkenveranda, an der sich Rankpflanzen emporwinden, trägt eine lichtdurchlässige Kunststoffabdeckung. Diese ist nach unten hin mit einem auf Lücke gearbeiteten Bambusgeflecht verkleidet. Dies ermöglicht genügend Licht von oben, um die Pflanzen gedeihen zu lassen. Vor Regen und übermäßiger Sonne geschützt, sitzen sie am Frühstückstisch bei Kaffee, Marmelade und Käse aus Hamburg. Beste Voraussetzungen für einen gelungenen Tag.

Wider Erwarten sind die letzten achtundvierzig Stunden spannungslos verlaufen. Ohne jede Auseinandersetzung zwischen den beiden. Ellen hat ihre Mutter erst einmal tropengerecht eingekleidet. Weg mit der vornehmen Stadtkleidung, direkt in den Koffer damit. Sie haben Strandkleider erstanden in den kleinen Shops entlang der Hauptstraße von Legian, Flipflops im Bintang Supermarkt eingekauft und das ein oder andere schicke Teil in den flotten Boutiquen in Seminyak erobert. Etwas flippig, diese Mode, aber perfekt geeignet für die stärkere Figur. Maria Miebach ist nicht als dick zu bezeichnen, trotzdem wirken der lockere Stil und das fließende Material vorteilhaft in jeder Hinsicht.

Frau Miebach ließ sich erst nicht so recht erwärmen, hat sich aber nicht getraut, irgendeinen Kommentar abzugeben. Sie wurde von ihrer Tochter ausgestattet und basta. Den Streit, der ihrer Bemerkung über die Statue folgte auf der Fahrt im Taxi, empfand sie absolut grässlich. Es war ihr unangenehm, ihre Tochter so aufbrausend zu erleben. Daraufhin hat sie beschlossen, sich etwas bedeckter zu halten mit ihren Äußerungen. Obwohl sich Frau Miebach in dem luftigen Kleidchen recht wohl fühlt, ist sie nicht begeistert von diesem Billig-Look in minderwertiger Qualität jeglicher Hinsicht. Aber sie hat keine Wahl des lieben Friedens willen. Und diese Flipflops ... Das reinste Folterwerkzeug. Sie kommt so schwer da hinein. Ihre Zehen sind nach einem halben Jahrhundert des Tragens festen Schuhwerks recht zusammengepresst. Wenn's denn partout nicht geht, könne sie auf ihre Sportschuhe ausweichen, meint Ellen. Es wäre nicht angenehm für die Füße, den ganzen Tag in geschlossenen Schuhen herumzulaufen. Das leuchtet auch einer Mutter Miebach ein.

Mit der Unterkunft hat es leider nicht geklappt. Daraufhin haben die Frauen beschlossen, zu einer gemeinsamen Inselrundfahrt zu starten. Heute werden sie die Reise planen, Auto mieten, Reisetaschen packen und letzte Einkäufe für unterwegs tätigen.

Sie sitzen da über eine Landkarte gebeugt und mustern die Strecke.

„Mama, ich denke, wir umfahren die typischen Touristen-Reiseziele, diese werden von großen Bussen angefahren mit Scharen von Urlaubern. Wir nehmen unbekannte Strecken durch die Landschaft. Wir lassen uns Zeit und hetzen nicht über die Insel. Wir werden uns erst mal in Richtung Tabanan begeben. Dort kehren wir ein in ein kleines Eco Cottage, wo wir ein herzhaftes organisches Mittagessen einnehmen werden. Weiter über Jatih Luwih werden wir uns in Richtung Baturiti aufmachen, wo wir traumhaft saftig-grüne Reisfeldlandschaften bestaunen werden. In Baturiti mieten wir ein kleines Häuschen für die Nacht, inmitten einer Obstplantage gelegen. Dort in den Bergen wird es abends frisch, wir sollten Decken und Strickjacken mitnehmen.

Am nächsten Tag fahren wir hoch auf den Berg und spazieren im Botanischen Garten, kaufen etwas Obst auf dem Markt und besuchen einen Tempel. Wir setzen die Fahrt fort zu den gewaltigen Kraterseen, wo wir einen Stopp einlegen und die fantastische Aussicht genießen. Natürlich werden wir das riesige, gespaltene Tor zum Handara Golfresort ansehen.

Diese Art von Architektur, also „gespaltene Tore", sieht man häufig in Bali, nicht nur in Tempeln. Sie werden oft an den Ein- und Ausgängen von Ortschaften errichtet. Die umwerfende Bauweise solch eines Tores ist nicht nur äußerst dekorativ, sondern zeugt von kultischer Bedeutung. Es symbolisiert den Dualismus, der das Sein bestimmt, die Existenz der Gegensätze von Gut und Böse, Hell und Dunkel.

Wir streifen durch Urwaldpfade zu einem Wasserfall und kehren ein in ein herrlich gelegenes Cottage bei Munduk. Dort verbringen wir die zweite Nacht inmitten einer Kaffeeplantage mit himmlischer Aussicht. Am Morgen fahren wir weiter direkt bis an die Küste nach Pemuteran, wo wir das Mimpi Hotel ansteuern. Unser Ziel für diesen Trip. Es ist ein bezauberndes Strandhotel mit einer natürlichen heißen Quelle. Das Wasser ist schwefelhaltig. Es wirkt heilend für die Haut und gegen allerlei andere Krankheiten. Dort lassen wir uns verwöhnen mit Massagen und erleben die Unterwasserwelt bei einem Schnorchel-Ausflug. Des Nachts baden wir im heißen Wasser und bewundern den Sternenhimmel." Ellens Augen glänzen, während sie spricht, und sie meint, ein sehnsüchtiges Lächeln ihrer Mutter zu erkennen. „Richte dich im Ganzen so auf circa vier bis fünf Übernachtungen ein."

„Wow, das hört sich ja verlockend an. Aber wie steht's mit den Mücken und Schlangen in den Bergen?", entgegnet Mama Miebach zögerlich.

„Papperlapapp! Es wird dir gefallen. Es muss!", kontert Ellen mit leicht forderndem Unterton.

3 DER ANRUF

llen, hilf mir doch bitte mal, ich komme allein nicht mehr hoch."

Mama Miebach steht da in ihren Flipflops mitten im Matsch. Ihre Hände halten verkrampft die losen, herabhängenden Wurzeln eines Baumes. Ihr grau meliertes Haar ist ungeordnet und ihr Kleid ist total verschmutzt von den ungewollten Ausrutschern.

Die beiden Frauen kommen gerade von einem Spaziergang in aller Frühe, eher als Klettergang mit Rutschpartie zu bezeichnen. Sie haben den unten liegenden Fluss besucht. Ellen hat ein kühles Bad genommen und ihre Mutter hat sich wunderlicherweise einverstanden erklärt, doch wenigstens die Füße ins Wasser zu halten. Der Aufgang ist zwar etwas umständlich, aber eigentlich nicht gefährlich und auch nicht zu anstrengend für die alte Dame. Der Trampelpfad war leider vom Regen der vergangenen Nacht aufgeweicht. Ellen lacht etwas spöttisch:

„Soll ich jetzt mal schnell ein Foto machen für deine Canasta-Damen?"

„Untersteh dich!", schallt es zurück. Dann reicht Ellen ihrer Mutter die Hand und zieht sie vorsichtig aus dem Schlammloch auf den von Gras bewachsenen Teil des Pfades zurück. Sie klettern noch einige Meter weiter, dann haben sie es geschafft.

Nach einer verdienten heißen Dusche treffen sich die beiden Frauen zum Frühstück auf der verwunschenen Terrasse ihres Bungalows. Es gibt frischen Ananas-Papaya-Juice, Omelette auf Toast und gebratene Bananen, alles dekorativ angerichtet auf grünen, quadratisch zugeschnittenen Bananenblättern, die auf einer Holzplatte aus Kokosnuss liegen. Dazu wird süßer Tee gereicht. Man ist erschöpft, aber zufrieden nach diesem Ausflug an den Fluss in aller Frühe am Morgen. Die Feuchtigkeit der Nacht steigt mit den ersten Sonnenstrahlen als Dunst durch die sich sanft bewegenden Baumwipfel nach oben. Sie liefert dem Betrachter eine mystisch verträumte Landschaft. Untermalt mit Vogelgezwitscher und anderen unbekannten Tierlauten bietet dieses Szenario jedem Europäer ein beeindruckendes Schauspiel. Selbst Mama Miebach kann hier keinen Makel entdecken.

„Es ist wunderschön, Ellen. Ich danke dir."

Ellen schmunzelt leise: „Endlich mal ein Zeichen des Wohlgefallens", denkt sie. Gutgelaunt und hungrig genießen die beiden Frauen das Frühstück und erzählen sich gegenseitig Einzelheiten aus dem Erlebnisspaziergang. Sie sind vergnügt und ausgelassen. Das Gespräch verläuft zum ersten Mal ohne jegliche Spannung. Sowohl Ellen als auch ihre Mutter schauen zuversichtlich den kommenden Tagen entgegen, als plötzlich das Handy klingelt.

„Ja, ada apa Made?", hört man Ellen sprechen. Sie horcht angespannt, derweil sie aufsteht und wie ein nervöser Tiger im Käfig umhergeht. Es ist eine kurze Zeit still, da kreischt Ellen laut auf mit einem angsterfüllten, lang gezogenen „Neiiin! Nein, nein, bitte nicht!" Sie schreit und schluchzt und Mama Miebach schaut sie erstaunt an.

„Was ist denn passiert, Kind?"

Die Worte wollen erst nicht raus aus Ellens Mund, ihr Schluchzen verschlägt ihr die Sprache. Dann aber endlich kann sie sich wieder beruhigen und sagt ruhig und ernst: „Einbrecher waren letzte Nacht im Haus", und mit in Tränen erstickter Stimme fährt sie fort: „Und, und sie haben Schlingel vergiftet. Wir müssen sofort umkehren."

Mama Miebach nimmt ihre Tochter in den Arm und streichelt ihr übers Haar. Ellen lässt es geschehen und murmelt kaum verständlich: „Er lebt noch, Made hat die Tierärztin gerufen, die auch sofort gekommen ist und Schlingel mitgenommen hat in ihre Klinik. Made hat den Hund heute Morgen im Garten gefunden vor vergiftetem Fleisch und Erbrochenem. Das haben die Einbrecher benutzt, um den Hund von sich abzulenken. Sie haben die Tür vom Schlafzimmer aufgebrochen und den Raum auf den Kopf gestellt. Made weiß nicht, was die Diebe alles gestohlen haben. Aus dem Wohnzimmer haben sie jedenfalls die Musikanlage mitgenommen. Lass uns gleich aufbrechen, Mama."

Hastig packen die beiden Frauen ihre Siebensachen zusammen und fahren auch schon bald in Richtung Denpasar nach Hause. Der vielversprechende Auftakt einer wunderschönen Reise findet hiermit ein jähes Ende. Ellen hat aus dem leicht hysterischen Anfall zur Normalität zurückgefunden. Sie ist maßlos traurig, aber noch voller Hoffnung. Jetzt nur nicht aufgeben. Mama Miebach wollte gerade tröstend gemeinte Worte sprechen wie „… Kind, es ist doch nur ein Hund!", kann sich dies aber in letzter Sekunde noch verkneifen. Stattdessen sagt sie:

„Gut, dass die Ärztin so schnell kommen konnte. Dein Schlingel wird es schaffen."

Ellen fährt direkt zur Tierklinik in Canggu. Dort angekommen fragt sie aufgeregt nach ihrem Liebling. Die Ärztin Dr. Made hat den Hund noch auf dem Behandlungstisch. Sie hat ihm den Magen ausgepumpt und eine Infusion gelegt. Schlingel liegt ganz ruhig da, ohne Reaktion. Als er Ellens Stimme hört, wedelt er zaghaft mit dem Schwanz, ihre Anwesenheit registrierend. Sie umarmt und küsst ihn, was dem Hund allem Anschein nach guttut. Er wedelt etwas schneller und gibt leise Töne, die Zuneigung ausdrücken wollen, von sich.

„Sie können beruhigt sein, Miss Miebach, er ist noch mal davongekommen, lassen Sie ihn bis morgen hier. Er kann jetzt noch nichts über den Magen aufnehmen, nur über die Infusion bekommt er alles, was er braucht."

Ellen scheint jetzt doch mächtig erleichtert. Sie ist überglücklich, Schlingel in angemessen guter Verfassung zu sehen.

4 VORSICHTSMAßNAHMEN

usikanlage, einige Kleidungsstücke, eine alte Fotokamera und ihr Laptop. Futsch. Alles weg. Das ist ein schwerer Schlag für Ellen. Der Computer ist ein unverzichtbarer Teil ihres Lebens. Sie ist nicht mehr in der Lage, ihr Geschäft zu betreiben. Glücklicherweise haben die Diebe das Geheimfach hinter dem Kleiderschrank nicht gefunden. Dort bewahrt sie ihre Papiere und Bargeld auf und die externe Festplatte, auf der sich das Update ihres Laptops befindet. Es ist noch alles da. Gott sei Dank! Ellen ruft Pak Albertus an, mit dem sie im Fall Britta König zusammengearbeitet hatte. Er wird ihr helfen auf dem Polizeirevier.

Glücklicherweise haben die Diebe das Geheimfach hinter dem Kleiderschrank nicht gefunden. Dort bewahrt sie ihre Papiere und Bargeld auf und die externe Festplatte, auf der sich das Update ihres Laptops befindet. Es ist noch alles da. Gott sei Dank!

„Ok Pak, wir sehen uns Morgen um acht auf der Polizeistation. Vielen Dank. Bis dann."

„Das hätten wir schon mal, jetzt aber gilt es schnellstmöglich die Passwörter zu wechseln. Au Mann, wenn der Dieb das File mit den Codes findet", verfestigen sich angstvolle Gedanken in ihrem Kopf.

„Jetzt muss umgehend ein neuer Laptop her. Mam, ich fahre schnell nach Denpasar, um einen Computer zu kaufen. Bleib du nur bitte hier und ruh dich aus. Made wird dir was Leckeres kochen. Wir sehen uns später." Sie nimmt sich das Bargeld aus dem Geheimfach, verstaut alles andere wieder ordentlich und sucht Made auf, um ihr Anweisungen für den Tag zu geben.

„Made, bitte veranlasse deinen Mann auf die Schnelle, eine notdürftige Reparatur der Zimmertür vorzunehmen. Wir brauchen zusätzlich ein Vorhängeschloss, das sowohl von außen als auch von innen angebracht werden kann. So habe ich für heute Nacht Ruhe. Und bitte versorge meine Mutter mit Leckereien, das hält sie bei Laune. Ich werde jetzt schnell nach Denpasar fahren, um einen neuen Computer zu kaufen."

Auf der Fahrt schweifen ihr so einige Gedanken durch den Kopf. Wie vermag sie sich in Zukunft besser zu schützen? Sie überlegt, eiserne Fensterverstrebungen für ihr Schlafzimmer anbringen zu lassen. Sie hat sich immer sicher gefühlt in ihrem Haus, nun hat dieser Einbruch sie wachgerüttelt. Es muss etwas getan werden, um nicht noch mal Schlingel in solch eine Situation zu bringen. Aber da werden Eisengitter nicht helfen. Schlingel hat bisher immer brav Ellens Heim bewacht des Nachts, auch wenn sie verreist war. Made kommt üblicherweise jeden Morgen und gibt dem Hund zu fressen, säubert Haus und Garten, erledigt Besorgungen. Nie ist bei ihr eingebrochen worden. Dies ist eine total neue Erfahrung für Ellen.

„Tja, die Zeiten werden rauer, leider auch auf Bali", spricht sie zu sich selbst. „Hoffentlich fällt mir was ein, dass so etwas nicht mehr passiert." Leider sieht sich Ellen momentan nicht mehr imstande, die geplante Tour nachzuholen. Es muss erst alles geregelt sein. Sie hat ein neues Laptop erstanden und gleich die Daten übertragen lassen. Den Nachmittag verbrachte sie außerdem damit, alle Passwörter auszutauschen. Das war eine Menge Arbeit.

Momentan können sowohl Schlingel und das Haus nicht allein gelassen werden. Ein Nachtwächter sollte eingestellt werden. Es wird nicht so einfach sein, eine zuverlässige Person zu finden. Ellen hat schon des Öfteren gehört, dass bei Einbrüchen die Security das schwache Glied in der Kette ist. Meist steckt diese mit den Dieben unter einer Decke. Sie wird Pak Albertus fragen, ob er eine zuverlässige Person kennt.

*D*er Schock sitzt den beiden Frauen auch nach einigen Tagen immer noch in den Gliedern, da beschließen sie, den Abend endlich mal wieder angenehm ausklingen zu lassen. Ellen hat Made gebeten, heute länger zu bleiben, um auf Schlingel und das Haus aufzupassen. Die beiden Frauen möchten den Frust über die verpatzte Tour mit einem leckeren Dinner im Warong Made vertreiben.

Kaum haben sie im Restaurant ihren Platz eingenommen, läuft ihnen eine Bekannte über den Weg. Beziehungsweise pflanzt sich diese gleich unaufgefordert an ihren Tisch. Es ist eine extrem lange Tafel, da kommt es schon mal vor, dass man mit anderen Leuten eng beieinandersitzt, aber nicht, wenn genügend freier Platz vorhanden ist. Romana ist sichtlich erfreut, Ellen wiederzutreffen, was die übertrieben herzliche Begrüßung erkennen lässt. Auf den ersten Blick ist sich Ellen nicht sicher, ob es sich um Romana oder vielleicht deren Zwillingsschwester Ramina handelt. Die kleinen Unterschiede sieht man nur, wenn die Schwestern zusammen erscheinen. Aber das passiert ausgesprochen selten, eigentlich überhaupt nicht, denn die beiden mögen sich nicht besonders. So hat Ellen Probleme, die Identität zu erahnen. Nach etwas Konversation glaubt sie aber nun doch, Romana vor sich zu haben. Sie ist die ruhigere, zivilisiertere Version. Ramina hingegen verkörpert die absolut verrückte Chaotin, die man selten nüchtern antrifft.

Als Ellen von dem Einbruch berichtet, erwidert Romana ohne jede Regung: „Kein Wunder, da ist bestimmt wieder `ne Diebesgang unterwegs. Gestern habe ich Monika getroffen, kennst du Freiburg-Moni? Die Frau mit dem Ultrakurzhaarschnitt? Die macht in Fashion und lässt bei CV. Vario produzieren. Ihr scheint das Gleiche passiert zu sein, sie hat mir jedenfalls so etwas Ähnliches erzählt."

Ellen ist verblüfft: „Im Ernst? Hast du ihre Nummer?"

Romana checkt ihr Handy, kann aber die Nummer nicht finden. Sie erwidert: „Ruf doch bei CV. Vario an, die Nummer kann ich dir geben, die hab ich gespeichert."

„Ist schon ok, Romana, CV. Vario habe ich auch. Morgen werde ich da mal anrufen. Vielen Dank."

„Oh, ich sehe einen alten Freund hereinkommen, ich geh mal rüber und sage Hallo", meint Romana, nimmt ihr Bintang und bewegt sich ein paar Tische weiter.

Ellen und Mama Miebach können endlich in Ruhe die herzhaft mariniert gegrillten Spareribs verspeisen zusammen mit einem kühlen Bintang vom Fass. Die Reste werden eingepackt zum Mitnehmen für Schlingel. Der wird sich freuen.

Am nächsten Morgen gibt Ellen ihre Anzeige auf. Die Zeit im Polizeirevier vergeht schnell, da sie mit Pak Albertus' Hilfe schnurstracks durchgeschleust wird. Sie verabschiedet sich von dem Polizisten und bedankt sich mit einem kleinen Umschlag, in dem einige Scheine stecken.

„Aber das ist doch nicht nötig", wehrt Pak Albertus ab, indem er schnell und unauffällig das Kuvert in seiner Hosentasche verschwinden lässt. Ellen lächelt und nickt freundlich: „Tidak apa apa, (was hier so viel bedeutet wie „das ist doch nichts") und nochmals meinen aufrichtigen Dank, bis demnächst, Pak Albertus."

Auf dem Weg zum Auto kommt ihr Monika wieder in den Sinn: „Ich muss sie sprechen. Vielleicht gibt es da eine Verbindung zwischen den Diebstählen." Ellen tippt die Nummer ein, die sie freundlicherweise von der Fashion- Firma erhalten hat. Sie startet den Motor und lässt die Klimaanlage laufen. Eine Frauenstimme meldet sich. Ellen erklärt den Grund ihres Anrufes, und die beiden Frauen beschließen kurzerhand, sich auf einen Kaffee zu treffen.

„Ok, ich komme bei dir kurz vorbei. Wo wohnst du genau? Ah, in der Nähe vom Knast. Jalan Merthasari, ja klar, kenne ich. Bis gleich."

Schnell brettert Ellen die Jalan Kerobokan hinunter, die Straße ist nicht verstopft um diese Zeit, also für Balis Verhältnisse nicht, es herrscht halt jetzt kein Berufsverkehr. Da kommt sie relativ zügig durch.

Vor Monikas Haus stehend, wundert sich Ellen. Das Grundstück ist von einer fünf Meter hohen Mauer umgeben, die nach oben hin außerdem mit Stacheldraht versehen ist. Ellen überlegt, ob sie falsch gefahren ist und sie hier einen Nebentrakt des Gefängnisses vor sich hat. Aber nein, sie ist richtig. Straße und Hausnummer stimmen. Sie klingelt, und sofort ertönt das niedliche Gekläff kleiner Welpen.

„Also die Hunde passen irgendwie nicht zum Haus", findet Ellen. Eine Angestellte öffnet ihr die Tür. Sie geht über einen gepflegten Rasen, auf dem drei kleine putzige Hündchen spielen. Ihr fällt auf, dass die geräumige Terrasse mit einer nachträglich installierten Wand abgetrennt ist. Dieser Bereich scheint ausschließlich dazu zu dienen, Fremde zu empfangen. Besucher, die nicht zum engen Familienkreis gehören.

„Hi, Monika. Ich glaube, wir haben uns früher schon mal getroffen, ist aber sicher eine geraume Zeit her."

„Ja", sagt Monika, „bitte setz dich doch. So kommt es mir auch vor. Du musst wissen, ich war lange Zeit in Deutschland, gerade seit gut einem Jahr bin ich wieder hier auf Bali". Die beiden Frauen lassen sich nieder in der Rattan-Sitzgruppe. Einen Moment später erscheint das Hausmädchen und serviert Bali-Kaffee mit ein paar balinesischen Küchlein. Es kommt Ellen alles etwas merkwürdig vor. Die Mauer ums Haus, die umgebaute Terrasse. Außerdem macht Monika einen depressiven Eindruck.

„Was ist denn eigentlich genau passiert, Monika?", fragt Ellen einleitend.

„Angefangen hat alles direkt, seitdem ich zurück bin auf Bali. Gestohlen wurden immer nur Kleinigkeiten. Ich war nie der Typ Ausländer, den man bestiehlt. Zu dieser Zeit habe ich nur sehr wenig Besitz mit mir herumgeschleppt. Traurig war ich nur über den Verlust meines Schlüsselanhängers, eine hübsche Perlmuttmuschel, in Silber eingefasst und meine Initialen MK eingraviert. Ein außergewöhnliches Stück. Ich habe die Muschel einem Strandverkäufer abgekauft, genau an dem Tag, an dem ich Made kennengelernt habe. Ich habe das gute Stück dann in Silber fassen lassen. Der Anhänger hat mir mal viel Glück beschert. Nun ja, das ist vorbei. Die Einbrüche gingen weiter, sodass ich schließlich dieses Haus hier gemietet habe. Um mehr Schutz zu haben, habe ich die Mauer extra um einen Meter erhöht. Ich bin extrem ängstlich geworden. Gott sei Dank hat mein balinesischer Freund Made Suma mir in dieser schweren Zeit sehr geholfen. Wir leben jetzt zusammen. Er bekommt sehr viel Besuch von Freunden und der Familie, da habe ich kurz entschlossen eine zusätzliche Wand eingezogen, sodass mein Privatbereich gesichert ist. Made vermittelt mir ein Gefühl von Sicherheit. Leider ziehe ich anscheinend das Unheil an, denn es wurde schon wieder eingebrochen und traurigerweise wurde dabei mein Hund vergiftet. Er hat den Anschlag nicht überlebt. Das macht mich total fertig." Leise schnieft Monika in ihr Taschentuch.

„Gestohlen wurde nichts. Der Dieb wurde beim Aufhebeln der Fenster gestört und ist ohne Beute geflüchtet. Aber mein Hund hat dran glauben müssen. Made Suma meinte schon, wir sollten einen *Dukun* aufsuchen, da wäre vielleicht schwarze Magie mit im Spiel, wenn man so viel Pech hat wie ich."

„Wann war denn der Einbruch genau?"

„Vor vier Tagen."

„Das war dann circa drei Tage nach dem Diebstahl in meinem Haus. Das könnte einen Zusammenhang haben. Es sieht so aus, als ob eine Gang dahintersteckt. Hast Du den Einbruch bei der Polizei gemeldet?"

„Nein, das wird mir alles zu viel."

„Das solltest du aber besser tun. Ich kann dich begleiten, ich habe Kontakte zur Polizei, das geht schnell und unkompliziert."

„Ja, wenn du meinst?"

„Ich rufe dich später an nach einer Rücksprache mit Pak Albertus. Bis dann, Monika."

6 SCHWARZE MAGIE

*E*llen sitzt zu Hause auf dem großen Bambussofa inmitten eines Haufens Kissen und bei ihrem Hund. Sie krault und verwöhnt ihn mit Schmuseeinheiten. Schlingel ist wieder wohlauf. Die Reste der gegrillten Rippchen waren ein Festessen für ihn. Made, ihre Perle, hat es sich auf einem großen Sitzkissen bequem gemacht. Ellen lauscht interessiert den Geschichten über *„Black magic"*, wie es in Bali allgemein genannt wird. Made ist voll in ihrem Element. Mit Inbrunst erzählt sie von ihren eigenen gespenstischen Erlebnissen, wo und wann sie *Leaks*, das sind Gespenster in Frauengestalt, gesehen hat. Geschichten ihrer Geschwister und Cousins mit allen schauerlichsten Details, und immer wieder beteuert sie: „Und das stimmt wirklich, *Ibu* (Frau) Ellen".

Mit weit geöffneten schwarzen Augen fährt Made mit ihren Erklärungen eifrig fort:

„Spiritualität ist großgeschrieben hier bei uns in Bali. Sie durchdringt das komplette Leben eines jeden Einzelnen. Geraten die Zustände der Unterwelt aus dem Gleichgewicht, führt dies zu Kämpfen der Geister und Dämonen untereinander, welche für uns Menschen im Diesseits erfahrbar sind. Diese Disharmonien können sogar krank machen. Medizinmänner, *Baleans* oder *Dukuns* genannt, befassen sich mit der Heilung von *Penyakit Bali*, das bedeutet Bali-Krankheit. *Ibu* Ellen muss wissen, dass eine solche nicht von einem Arzt geheilt werden kann", beendet sie ihre Ausführungen.

Da, wo kein Panadol und keine Spritze schnelle Wirkung verschaffen können, muss ein *Balean* ran. Meist handelt es sich bei den Patienten um geistig verwirrte Personen. Nicht selten sind es junge Leute, die vom Stress infolge des engen sozialen Gefüges und dessen Verantwortbarkeit zusammenbrechen. Oft gewählt auch als letzte Hoffnung auf Heilung, wenn nach westlicher Medizin die Person austherapiert ist.

„Bei einer Konsultation wird erst mal gebetet, das heißt, es werden Räucherstäbchen angezündet und der Heiler meditiert und rezitiert", fährt Made fort. Sie ist voll in ihrem Element, wenn sie Ellen aus ihrem Leben erzählen darf. Mit geschlossenen Augen und mit ihren Armen gestikulierend, ahmt sie die Bewegungen eines *Baleans* nach, wie er sich in Trance begibt, um das Unsichtbare sehen zu können. Es werden Kräuter gemischt, Kokosnusswasser wird gesegnet und allerhand Zaubersprüche werden aufgesagt. Während der Trance erfährt der Heiler Klarheit über die Ursachen. Geweihte Edelsteine und Amulette sind hilfreich und schützen vor Angriffen böser Geister, die von der schwarzen Magie ausgehen.

„Bei Rivalitäten, Verwünschungen, Eifersucht und Vergeltung wird oft diese Black Magic, wie sie auch genannt wird, angewendet", ergänzt Made.

Ellen besinnt sich plötzlich ihrer Mutter, die sich am Strand aufhält und eigentlich schon abgeholt werden sollte.

„Danke, Made, für die Einweisung in Sachen spirituelle Heilung und Verwünschung. Aber jetzt sollte ich schnell meine Mutter abholen, sonst verwünscht sie mich!", beendet Ellen amüsiert lächelnd die Unterhaltung.

*E*llen bringt ihre Mutter direkt in die Casa Artista, dort hat sie endlich ein hübsches, geräumiges Zimmer für ihre alte Dame gefunden. Jetzt kann Ellen wieder durchatmen. Die Tage nach dem Einbruch sind doch für beide recht stressig gewesen. Es tut ihr leid, dass ihre Mama die Zeit in Bali nicht aus vollen Zügen genießen kann.

„Hier hast du nette Nachbarn, mit denen du gepflegte Unterhaltung führen kannst, die Angestellten kümmern sich um dich, und wenn du magst, kannst du sogar zu Fuß zum Strand laufen. Ganz bestimmt werde ich dich recht bald besuchen, sobald ich etwas Luft habe", verspricht Ellen ihrer Mutter. Die alte Dame ist sofort einverstanden mit dieser Idee und kann es gar nicht abwarten, in dem vornehmen kleinen Hotel zu wohnen, welches nicht allzu weit entfernt von Ellens Haus gelegen ist. Sie fühlt sich pudelwohl in ihrer neuen Unterkunft, der Pool direkt vor der Nase, alles in allem ein gepflegtes, elegantes Ambiente. Es könnte ihr nicht besser gehen. Nicht, dass sie Ellens Häuschen nicht wunderschön finden würde. Ein bisschen einfach vielleicht, vor allem das Bad. Aber nein, es sind die Umstände um den Einbruch und ein wenig die unterschwelligen

Spannungen mit ihrer Tochter, die hin und wieder auftreten und jede Situation in ein angeheiztes Spannungsfeld verwandeln können. So ist Frau Miebach überglücklich, ein wenig Abstand zu allem zu haben und sich rundum verwöhnen zu lassen hier in der Casa Artista, wo Komfort großgeschrieben ist.

„Abendessen werde ich auf meiner Terrasse mit einer leckeren Pizza aus dem The Straw Hut Restaurant. Anschließend werde ich mich früh zu Bett begeben mit meinem Roman. Die letzten Tage waren etwas zu anstrengend für meinen Geschmack", spricht sie zu sich selbst und beschließt, den Tag geruhsam ausklingen zu lassen.

Ellen liegt nach langer, langer Zeit endlich einmal wieder in ihrem eigenen Bett. Wehmütig blickt sie zurück, in Erinnerungen gebettet. Vor ihrem inneren Auge läuft ein imaginärer Film ab, der die schöne Zeit mit Dieter zum Leben erweckt. Nachdem der Fall Britta König aufgeklärt war, hatte Ellen schon bald nach Deutschland fliegen müssen, um das Weihnachtsgeschäft voranzubringen. Dieter hingegen ist etwa zeitgleich seinem Ruf nach Indien gefolgt. Er hat sich für einen längeren Aufenthalt in einem Aschram in Puna entschieden, anstatt Ellen nach Hamburg zu begleiten. Deutschland sei ihm zu kalt im Winter und er bevorzuge die Zeit der Abwesenheit seiner Freundin mit einer Fortbildung in Sachen Yoga und Meditation, meinte er. Etwas enttäuscht war Ellen damals schon. Trotzdem, fair genug, denkt sie heute.

Wieder zurück in Bali, vermisst sie ihren lieben Freund, der immer noch in Puna weilt und den sie doch hier so gut brauchen könnte. Jetzt, wo sie in diesem Schlamassel steckt. Aber ist das nicht eigennützig gedacht? Nein, er soll seine Zeit in Indien optimal zu Ende bringen, wünscht sie ihm tonlos. Sie wird hier schon zurechtkommen.

Sie geht vorsichtig, es ist schon dunkel geworden, die Treppe runter, um sich die Haarkur auszuwaschen, die schon seit unbestimmter Zeit einwirkt. Sie bereitet heißes Wasser in der Küche, füllt es in zwei große rote, mit chinesischen Blumenmotiven geschmückte Thermoskannen und nimmt diese mit ins Badezimmer. Sie knipst das Licht an im Bad und bewegt sich hinüber zu dem Wasserbecken. Sie befüllt dieses mit dem Heißwasser und mixt kaltes Wasser hinzu, bis sich eine angenehme Temperatur eingestellt hat. Sie öffnet ihren Bademantel, hängt ihn an den Haken neben der Tür und steigt über eine kleine Schwelle in den Duschbereich. Farne und wilde Orchideen, die an der Natursteinwand wachsen, werfen übergroße, gespenstische Schatten auf die Fliesen am vorderen Teil des Badezimmers. Während sie mit der Kokosnusskelle wiederholt Wasser schöpft und über ihren Kopf verteilt, bürstet sie sich ihr langes, lockiges Haar. Just in dem Moment, als das Wasser versiegt ist und sie wieder zum Nachschöpfen ansetzt, genau in den Sekunden der

Stille zwischen zwei Güssen hört sie ein leises Knistern. Sie hält inne und lauscht. Wasser tropft geräuschlos über ihr Gesicht, und mit einer Hand reibt sie sich die Augen trocken. Da ..., wieder ein Knacken. Sie glaubt, Schritte zu hören, sie hält inne, unbeweglich steht sie da.

Plötzlich, da, ein Blitz am Himmel. Und noch einer. Es kommt ihr so vor, als ob eine Gestalt über der Mauer schwebe. Es verschlägt ihr den Atem. Stocksteif steht sie da, splitternackt und pudelnass. Als Schlingel in ein erbittertes Gebell einfällt, schreit sie aus Leibeskräften: „Schlingel, komm her!" Sie schlüpft in den Bademantel und stürmt aus dem Bad mit der Kokosnusskelle in der Hand.

„Schlingel, hierher! Hierher, schnell!" Schlingel kommt angerannt und die beiden flüchten die Treppe hinauf ins Schlafzimmer, wo Ellen sofort die Tür verriegelt. Angstvoll beugt sie sich schützend über ihren Hund, zusammengekauert vor ihrem Bett.

„Ibu Ellen, *ini saya Pak Ktut*! Ich bin es, Pak Ktut", schallt es vom Garten herauf.Ellen hetzt zum Fenster, reißt den rechten Flügel hastig auf und blickt suchend nach unten. Da steht ihr neuer *Sat Pam* (Nachtwächter) mit der Taschenlampe und schaut erschrocken nach oben.

„Oh, *Pak Ktut!* An Sie habe ich gar nicht gedacht," erwidert Ellen erleichtert.

„Ich habe meine Runde gemacht, da fängt der Hund an zu bellen. Er kennt mich leider noch nicht. Vielleicht ist es besser, Sie nehmen ihren Hund mit in Ihr Schlafzimmer des Nachts."

„Ja, das glaube ich auch, das ist eine gute Idee, das werde ich tun. Danke, Pak Ktut, und passen Sie weiterhin schön auf", erwidert sie und schließt das Fenster wieder.

„Mensch, das war ein Schreck. Wie gut, dass Mama nicht hier ist", spricht Ellen jetzt zu sich selbst.

Der Einbruch vor einigen Tagen hat Ellen doch mehr zugesetzt als gedacht. Ihr Nervenkostüm ist extrem dünn, wie es scheint. Diese Geschichten von Made heute am Nachmittag, die hatten es in sich. Jetzt sieht sie schon Gespenster. Zusammen mit Schlingel verzieht sie sich in ihr Bett und holt ihr Handy hervor. Sie sucht Dieters Nummer und setzt eine Nachricht ab. Dann umarmt sie ihren Vierbeiner fest und schläft schnell ein.

Die Nacht verläuft unruhig. Verwirrende Träume umnebeln Ellens Schlaf. Bilder von Geistern und Dämonen schwirren umher in ihrem Kopf. Mit dem Kiefer klappernd und stierenden Glupschaugen wollen diese hässlichen Fratzen Ellen Angst einjagen. Sie wirft sich hin und her in ihrem Bett. Schweiß bildet sich auf ihrer Haut. Sie tanzen umher diese Fratzen, entfernen sich und kommen wieder näher. Ein skurriles Durcheinander, das nicht aufhören will. Ellen erwacht, ihr T-Shirt ist vollkommen durchnässt. Es schaudert sie. Sie streift sich ihr Shirt vom Körper. Aus Angst vermeidet sie es, ins Bad zu gehen. Sie trocknet sich den Schweiß mit einem Handtuch ab, bevor sie sich ein neues T-Shirt aus dem Schrank holt. Schlingel liegt nichts ahnend im Bett und schläft. Letztendlich legt sich Ellen hin und ist glücklich, dass sie diesen Hund hat, seine Ruhe und Wärme helfen ihr, schnell wieder einzuschlafen.

Am nächsten Morgen fühlt sich Ellen abgeschlagen und verspannt. Sie muss sich sputen, sie hat ja versprochen, Monika zur Polizei zu begleiten.

„Danke Ellen für deine großzügige Hilfe", beginnt Monika das Gespräch auf der Rückfahrt nach Seminyak.

„Dieser Pak Albertus ist ja wirklich nett und zuvorkommend. Ich hatte mir das Ganze schlimmer vorgestellt. Meinst du denn, die Anzeige bringt was?"

„Auf jeden Fall, Monika. Die Polizei wird die Geschehnisse untersuchen und andere Einbrüche mit den unseren vergleichen und Übereinstimmungen genauer inspizieren. Mit Pak Albertus haben wir eine große Hilfe."

Ellens Handy vibriert. Etwas ungeduldig, wie sie ist, möchte sie die Nachricht sofort checken, entscheidet sich aber dagegen. Sie kann ihrer

Neugierde Einhalt gebieten und holt das Gerät erst aus der Tasche, nachdem sie sich von Monika verabschiedet hat. Sie überfliegt die Mitteilungen, und prompt hellt sich ihr Gesicht auf. Die Kopfschmerzen, die sie bis eben noch belästigten, sind auf der Stelle verschwunden. Die Nachricht, die diese Verwandlung in ihr verursacht, kommt aus Indien.

8 MARIA MIEBACH

Frau Miebach faulenzt auf ihrer Sonnenliege am Pool. Sie schaut in den blauen Himmel und verfolgt eine einzelne große, dicke, weiße Wolke durch ihre Sonnenbrille. Sie hat ihr morgendliches Bad genommen und anschließend ein leichtes Frühstück ausgiebig genossen. Etwas Obst und einen Kaffee, das reicht ihr. Sie achtet seit ihrer Jugend auf ihre Figur. Für ihr Alter, sie wird siebzig dieses Jahr, ist sie tipptopp in Schuss, wie man in Hamburg sagen würde. Es ist ihr wichtig, als ehemalige Rechtsanwaltsgattin immer eine gute Figur abzugeben.

Der Tod ihres Mannes vor zwei Jahren hat ihr schwer zugesetzt. Sie war es so gewohnt, ihn um sich zu haben, seine gesellschaftlichen Auftritte zu begleiten. Sie war stets die Frau Gemahlin des Herrn Dr. Miebach. Diese Rolle war ihr auf den Leib geschrieben. Sie selbst hatte Lehramt studiert. Ihr beruflicher Ehrgeiz hielt sich aber in Grenzen. Sie arbeitete in Teilzeit. Sie bevorzugte es, für die repräsentativen Verpflichtungen ihres Mannes voll und ganz da zu sein. Herr und Frau Dr. Miebach waren das perfekte Team. Ihre Ehe wurde beschenkt mit einem Mädchen, denn kinderlos wollte Maria Miebach keineswegs bleiben. Aber mit einem Baby war sie vollends beschäftigt. Umso mehr empfand sie es als einen Segen, dass kein weiterer Nachwuchs folgte. Sie ist nicht so der mütterliche Typ. Alles in allem war sie recht zufrieden mit ihrem Leben. Ihr Töchterchen Ellen war ein aufgewecktes Kind, hatte aber leider immer jede Menge Unfug im Kopf und entwickelte sich so gar nicht nach dem Wunsch ihrer Mutter.

Ellens Idee, Goldschmiedin zu werden, war vollkommen aus der Art geschlagen. Kein Abitur und Studium? Ein Handwerksberuf? Wie konnte Ellen ihren Eltern diese Schmach antun! Maria war es dennoch möglich gewesen, ihre Tochter zu überreden, nach der Lehre ein Designstudium dranzuhängen, aber dann folgte die Flucht in ein unstetes Leben.

Sie wäre ein Hippie, hatte sie ihrer Mutter damals erklärt, und wolle raus aus den spießigen Konfessionen. Sie hatte ihr Studium abgebrochen und war ab nach Asien gereist. Und nun, mit 43 Jahren, ist sie immer noch ohne Mann und Kind. Ach herrje, das wird ihre Mutter nie verstehen.

Frau Miebachs dunkles Haar ist eigentlich schon ergraut, aber sie lässt es immer regelmäßig hellbraun tönen, eine Stufe heller als ihr natürlicher Farbton. Ihr Friseur meinte, es würde sie jünger erscheinen lassen. Den Akzent bildet eine dicke graue Haarsträhne in dem überlangen Pony, den sie elegant und mit viel Haarspray zur Seite trägt.

„Aber jetzt schnell ab in die Sonne, um diese Zeit ist es nicht zu heiß. Vitamin D tanken ist so wichtig", denkt sie.

„Good morning, Mrs. Miebach", ertönt eine freundliche Stimme. Eine junge Frau in balinesischer Tracht jongliert ein Tablett mit verschiedenen kleinen Opfergaben. Brennende Räucherstäbchen verbreiten einen ungewohnten Geruch. Frau Miebach schaut auf, lächelt zurück und erwidert:

„Good morning, Putu, I am very well, how are you today?" Stolz und mit einem gewissen Ehrgeiz nimmt sie jede Möglichkeit wahr, ihr Englisch anzubringen. Sie setzt sich auf und verfolgt mit Blicken die Aktionen des Mädchens. Putu kniet sich nieder an den Stufen zur Lobby. Sie legt ein kleines Schälchen aus geflochtenen Palmblättern, auf denen sich einige Blüten und Reis befinden, nieder. Mit dem Räucherstäbchen zwischen ihren Handflächen betet sie kurz, aber andächtig, bevor sie es auf das Schälchen legt und den Rauch mit lockeren Bewegungen ihrer kleinen, zierlichen Hand symbolisch verteilt. Als Putu sich wieder aufgerichtet hat, kommt Frau Miebach auf sie zu und fragt:

„Könnten Sie mir erklären, was sich in dem Schälchen alles befindet und was diese Opfergabe hier bedeuten?

„Ja, aber gerne werde ich versuchen, es Ihnen zu erklären", kichert Putu und verdeckt mit der rechten Hand verlegen ihr herzliches Lächeln.

„Diese Opfergabe hier ist dazu da, böse Geister zu beschwichtigen. Dämonen aus der Unterwelt lauern gerne an Stellen, die Gefahr bringen könnten, wie diese Stufen hier. Deswegen lege ich diese Opfergabe auf der Treppe ab. Die Blüten in vier verschiedenen Farben repräsentieren die vier Himmelsrichtungen, und das Grün symbolisiert das Zentrum. Der Reis und der Keks mögen die Dämonen gütig stimmen, dass sie uns Menschen in Ruhe lassen. Der Rauch des Räucherstäbchens überbringt die guten Wünsche ins Jenseits. Wir Balinesen bringen diese Opfergaben jeden Morgen und jeden Nachmittag, damit wir und unsere Gäste beschützt sind."

„Sehr interessant, interessant, terima kasih, Putu, terima kasih (vielen Dank)". Frau Miebach ist stolz auf die paar Worte Indonesisch, die sie schon in der kurzen Zeit gelernt hat, aber noch mehr auf ihr Englisch, das Tag für Tag etwas besser wird. „Was meine Damen vom Canasta-Klub wohl dazu zusagen werden, wenn ich ihnen hiervon erzähle?"

Ellen biegt soeben in die Einfahrt ihres Autovermieters, um den Wagen zurückzugeben. Sie ist frohen Mutes. Die Sprachnachricht von Dieter klingt ihr nach: „Meine liebe Ellen, ich wusste gar nicht, dass du schon zurück auf Bali bist. Warum hast du dich nicht eher gemeldet? Ich werde in einer Woche meinen Retreat beendet haben und dann sitze ich auch schon im Flieger zu dir. Ich kann es kaum erwarten." Dieters Stimme im Ohr klingend, schließt sie mit elegantem Schwung die Tür des Wagens und geht ins Büro zwecks Schlüsselübergabe. Der Autovermieter geht dreimal um das Auto herum und inspiziert, ob alles in Ordnung ist. Made kommt mit dem Motorroller um die Ecke gebraust, um Ellen abzuholen. Da Ellen einen Rock trägt, entscheidet sie sich für die „Damensitzhaltung". In Indonesien sitzen die Frauen oft nicht mit gespreizten Beinen auf dem Moped. Das erlaubt schon das Tragen des traditionellen *Sarongs* nicht. Allerdings hat sich diese Haltung in der heutigen Zeit, in der Frauen verbreitet Hosen tragen, gelockert.

Ellen sitzt bequem mit übergeschlagenem Bein seitwärts, den linken Fuß auf der Abstellleiste, den Rock hat sie unter ihrem Bein eingeklemmt, vorm

Fahrtwind geschützt. Mit der einen Hand hält sie sich am Fahrgestell fest, mit der anderen umgreift sie locker Mades Hüften. Freudig erregt, gegen den Fahrtwind anschreiend, spricht sie ihr ins Ohr:

„Stell dir vor, Made, Dieter kommt aus Indien zurück, er hat mir geschrieben."

„Bagus sekali, Ibu Ellen, da ist Ibu Ellen aber glücklich, *pasti nanti cepat menikah dan punya bayi"*, lacht sie zurück. Was so viel bedeutet wie: Sicherlich wird Ellen bald heiraten und schnell wird ein Baby folgen.

„Ach Made, *jangan ngomong macem macem*. Sprich keinen Unsinn", antwortet Ellen, Empörung vortäuschend.

Zeitraubende Behördengänge und wichtige Termine sind alle erledigt, dies ermöglicht Ellen, am Abend in die Casa Artista zu fahren und ihrer Mutter einen längst fälligen Besuch abzustatten. In dem Augenblick, in dem sie ihren Roller vor dem Eingang parkt, treten vertraute Klänge an ihr Ohr. Oh ja, es ist Freitagabend, da gibt es eine wunderbare Milonga hier. Welch ungewohnte, aber dennoch vertraute Klänge. Sofort springen ihre Gedanken zu Dieter. Eine fast vergessene Glückseligkeit stellt sich in dem Moment ein, in dem sie die Lobby betritt. Sie sieht die Hausherrin mit Gästen sprechen. Mit zögernden Schritten nähert sich Ellen dieser Frau und nickt zur Begrüßung. Sie entschuldigt sich, so hereinzuplatzen und so gar nicht auf Tango vorbereitet zu sein. Sie deutet an, nur ihre Mutter besuchen zu wollen, die hier einquartiert ist.

„Ja, aber das macht doch gar nichts, wenn ihr Lust habt, seid ihr gerne eingeladen, euch zu uns zusetzen, auch ganz ohne Tanzen", kommt es freundlich zurück.

„Ich werde meine Mutter fragen, was sie davon hält", erwidert Ellen. Sie schleicht verlegen um die Tanzfläche herum und durch die riesigen Glastüren hindurch. Ein paar Stufen treppab durchquert sie den Innenhof, Mama Miebach entgegen:

„Hallo Mama, wie geht es dir? Hast du dich gut eingelebt?" Frau Miebach steht auf und nähert sich ihrer Tochter einen Schritt.

„Kind, alles bestens. Ich fühle mich hier wie im Paradies, es fehlt mir an nichts. Und du? Was hast du getrieben in den letzten Tagen?"

Ellen, sichtlich erleichtert, ihre Mutter bei guter Laune anzutreffen, legt ihren Schal und ihre Tasche ab und lässt sich auf dem zweiten Rattan-Sessel nieder.

„Ja, endlich alles geschafft, puh jetzt geht es mir besser", stöhnt sie heiter. „Mama, ich habe eine kleine Überraschung für dich."

„So? Was ist es denn?", kommt es wissbegierig zurück.

„Tja, mein Freund Dieter wird nächsten Dienstag nach Bali kommen."

„Was? Du hast einen Freund? Davon weiß ich ja gar nichts".

„Du wirst ihn bald kennenlernen. Aber ich habe noch eine andere Überraschung für dich. Morgen geht es ab ins Dorf zu einer Zahnfeilzeremonie. Das ist etwas ganz Außergewöhnliches. Ich habe dir doch von Monika erzählt, der Frau, die wie ich bestohlen wurde neulich. Sie ist mit einem Balinesen liiert, für dessen Schwester morgen diese Zeremonie ausgerichtet wird, und wir sind eingeladen. Es ist ein absolutes Highlight, solch einem Fest beiwohnen zu dürfen. Was sagst du nun?"

ie Einladung zur Zahnfeilzeremonie kam überraschend, nachdem Ellen den Mietwagen schon zurückgegeben hatte. So hat sie heute kurzerhand ein Auto mit Fahrer gemietet für einen Tag. Das ist sowieso angenehmer, denn die Strecke in das kleine Dorf Sumampan ist Ellen nicht so recht geläufig, da ist man mit einem professionellen Fahrer doch besser dran. Die beiden Frauen genießen die Fahrt übers Land. Reisfelder in Grasgrün erstrecken sich links und rechts zur Straße. Stufenweise schlängeln sie sich durch die Landschaft. Der Himmel begrenzt das Bild nach oben in einem satten Blau. Dicke, bauschige, weiße Wolken schweben vereinzelt am Horizont. Die Sonne steht steil und bringt alle Farben zum Leuchten. So heiß es draußen auch sein mag, im Wagen ist es angenehm kühl.

„Was hat denn das Zahnfeilen eigentlich zu bedeuten?", fragt Mama Miebach.

„Jeder Balinese, egal ob Mann oder Frau, hat acht rituelle Zeremonien in verschiedenen Lebensabschnitten von der Geburt bis hin zur Hochzeit zu durchlaufen. Hierdurch wird eine Beziehung zwischen der sichtbaren Welt (Menschen) und der unsichtbaren Welt (Götter) hergestellt. Balinesen glauben an die

Wiedergeburt. Ohne Zahnfeilzeremonie wäre dies nicht möglich. Es soll sogar vorkommen, dass bei einem plötzlichen Tod einer Person, deren Zahnfeilung nicht stattgefunden hat, am Leichnam obligatorisch dieses Ritual vor der Verbrennung gehandhabt wird. Hiermit wird dem Verstorbenen, auf den letzten Drücker sozusagen, die Möglichkeit zur Wiedergeburt gegeben."

„Huch, wie grässlich", stellt sich Mama Miebach die Situation im Geiste vor. Sie sagt aber nichts.

„Die Zahnfeilzeremonie ist die Pforte zum Erwachsensein. Bei Mädchen geschieht das mit Eintritt der Menstruation. Das kann sich aber auch verspäten, denn so eine Zeremonie ist teuer. Wenn die Eltern sich diese nicht leisten können, wird gewartet, bis mehrere Jugendliche aus dem Dorf herangewachsen sind und das Ritual in einer Gemeinschaftsaktion stattfinden kann. Dies senkt enorm die Kosten. Es kommt nicht selten vor, dass einer Hochzeitszeremonie eine Zahnfeilzeremonie vorgeschaltet wird, sollte dies noch nicht geschehen sein. Früher wurden die Zähne tatsächlich abgefeilt, die Schneidezähne den anderen angepasst. Das war schmerzhaft. Heute ist es mehr eine symbolische Aktion."

„Interessant, interessant", erwidert Mama Miebach kopfschüttelnd.

Bei der Ankunft in Sumampan erwartet sie eine recht lange, am Seitengraben der Dorfstraße parkende Autoschlange. Der Fahrer hält vor dem mit Palmblättern geschmückten Hauseingang.

Ellen und Mama Miebach steigen aus und schreiten durch den Eingang in das Familienanwesen. Sie schauen sich etwas unbeholfen um. Viele Menschen in bunter Festtagskleidung drängen sich sowohl auf der Straße als auch im Innenhof.

Eine beträchtliche Geräuschkulisse aus Stimmen, Gelächter und klingelnden Priesterglöckchen dominiert das Geschehen, dazu Räucherstäbchengeruch und der Duft von unzähligen Blüten runden den betörenden Eindruck ab. Im Hintergrund hört man deutlich den monotonen Singsang des obersten Priesters, *Pedanda* genannt.

Pedandas sind *Brahmanen*, sie gehören der obersten Kaste an. Schon von frühester Kindheit werden sie in Riten, Mantras und religiöse Schriften eingeweiht. Sie leben in der vollkommenen Hingabe an ihre Bestimmung. Aufgrund ihres detaillierten Wissens und spiritueller Ausstrahlung genießen sie tiefste Verehrung in der Bevölkerung.

Die beiden deutschen Frauen sind dem Anlass gemäß in balinesische Tracht gekleidet. Ellen hat für solche Gegebenheiten einen *Sarong* und eine *Kebaya* (traditionelle Brokatbluse) mit *Slendang* (Schal um die Taille geschlungen). Ellens Made hatte mit großer Freude Mama Miebach mit passender Kleidung ausgestattet. Die beiden Frauen stehen etwas unbeholfen da, sie wissen nicht wohin. Da fasst eine junge Balinesin Ellen bei der Hand, und freudig lächelnd zieht sie die ausländische Besucherin hinter sich her. Es stellt sich heraus, es ist Wayan Sri, die ältere Schwester von Made Suma und Nyoman Suerti. Und da, endlich, hat Ellen Monika entdeckt, etwas abseits auf einer Veranda sitzend.

„Schön, dass ihr gekommen seid", ruft Monika ihnen entgegen, selbst feierlich eingekleidet.

Wayan Sri spricht nicht viel, sie kann wohl kein Englisch, aber sie lächelt ununterbrochen, während sie sofort Stühle, *Teh Botol* (Tee in Flaschen) sowie einige Snacks für die Gäste organisiert.

„Wow, das ist ja ein prächtiges Anwesen", stellt Frau Miebach fest. Sie bestaunt die reich geschnitzten Pfeiler der Dächer, von denen jeder einzelne mit goldbedruckten Stoffen verkleidet ist.

„Ja, die Familie ist recht begütert und einflussreich. Mades Vater besitzt jede Menge Artshops in Sanur", antwortet Monika. „Er sponsert den größten Teil dieser Gemeinschaftszeremonie."

Jetzt erscheint die kleine Gruppe der Jugendlichen. Sie wirken wie Prinzen und Prinzessinnen in ihren goldgelben *Sarongs* mit weißen Oberteilen. Die Mädchen mit ihrem prächtigen Haarschmuck aus Blumen und Goldlametta sind stark geschminkt. Schwarz umrandete Augen geben ihnen einen verführerischen Ausdruck. Rote, volle Lippen stellen die strahlend weißen Zähne bestens zur Schau. Die Jungs haben die Augenbrauen betont. Sie tragen den obligatorischen *Udeng*, so nennt man die Kopfbedeckung der Männer. Sie haben wie die Mädchen Goldamulette, mit kleinen Halbedelsteinen verziert, um Hals und Stirn. In der Tat bietet sich ein prächtiger Anblick. Im Ganzen sind es vier Mädchen und vier Jungs, die hier zusammen ihren großen Tag feiern. Sie haben schon einige Runden des Gebetes hinter sich und werden jetzt in den Bereich geführt, in dem die Feilung vorgenommen wird.

„Schau mal, da ist Nyoman, die Kleine mit den Grübchen, das ist Mades jüngere Schwester", ruft Monika in die Runde.

„Hübsch, sehr hübsch", stellt Mama Miebach fest.

„Wo ist denn eigentlich Made Suma? Das ‚a´ bei Suma wird ‚eh' ausgesprochen, so wie in Blume", wirft Ellen ein.

„Der ist in der Männerabteilung", meint Monika etwas belustigt.

In Bali gibt es zwar keine Geschlechtertrennung bei solchen Festlichkeiten, allerdings werden die Aufgaben von der Gemeinschaft geschlechtsspezifisch erledigt. Dadurch ergibt sich zwangsläufig, dass Männer und Frauen mit ihresgleichen zusammen sind. Das bedeutet aber nicht, dass es den Männern nicht gestattet wäre, zu den Frauen zu gehen, und umgekehrt. Die kleine Runde unterhält sich eine Weile, da kommt Wayan Sri wieder zurück (kurz Yan Sri genannt) und fordert die Gruppe auf, zum Buffet zu gehen.

„Meinst du, wir können vorher einen kleinen Rundgang durch das Gehöft machen und du erklärst uns ein wenig?", schlägt Ellen auf Indonesisch vor, an Yan Sri gewandt.

„Ja aber sicher, gerne führe ich euch herum", erwidert sie freundlich lächelnd.

Mama Miebach kommt aus dem Staunen nicht mehr heraus. Es ist einfach zu fantastisch, was ihre Sinne hier erleben. Sie fotografiert ununterbrochen in der Absicht, diese ach so fremde Kultur für ihre Canasta-Damen festzuhalten. Nach dem Rundgang macht sich die kleine Gruppe auf zu der langen Tafel mit den exotisch anmutenden und fremd duftenden Speisen. Hinter dem ersten Tisch bereitet eine junge Frau die „Teller" vor, es sind kleinen Körbchen, auf denen ein Bananenblatt liegt.

„Good afternoon", kommt es hinter dem Tisch hervor. Ein Mädchen erhebt sich und reicht jedem Gast ein Körbchen, in dem ein Bananenblatt liegt samt Besteck, bestehend aus einem Löffel und einer Gabel, eingerollt in eine Papierserviette. In Indonesien benötigt man kein Messer zum Essen. Das Lächeln des Mädchens gibt eine Reihe blitzblanker Zähne zur Schau, deren mittlere Schneidezähne etwas auseinander stehen. Yan Sri gesellt sich dazu und hilft mit bei der Ausgabe der Körbchen. Mama Miebach ist etwas nervös, als sie die Speisen sieht. Aber Ellen kommt ihr schon zur Hilfe und legt ihrer Mutter einige wenige

Hühnerfleisch-Spießchen ohne Soße neben den weißen Reis sowie Krabbenbrot, etwas Kohlsuppe und gedünstete grüne Bohnen.

„Ach ja, das Babi Guling (Spanferkel) musst du unbedingt probieren. Die knusprige Haut ist superlecker. Das sind all jene Speisen, die nicht scharf sind", rät die Tochter ihrer Mutter.

Bei der Auswahl der vielen herrlich duftenden Gerichte, die Ellen für sich zu wählen gedenkt, scheint das Körbchen nicht alles fassen zu wollen. Dementsprechend fällt ihr die Entscheidung schwer. Ellen hat in den Jahren eine scharfe Zunge entwickelt und sich an die vielen fremdartigen Gewürze gewöhnt. Monika hingegen hält sich eher an die Vorgabe der Auswahl, die für Mutter Miebach getroffen wurde.

Die Damen kehren zu ihren Hockern zurück, machen es sich einigermaßen bequem. Es ist nicht so leicht, ohne Tisch seine Mahlzeit einzunehmen, wenn man es nicht gewöhnt ist. Yan Sri und das andere Mädchen kommen vorbei mit Getränken. Sie bieten allerlei Softdrinks an und Aqua, das ist Wasser in kleinen Plastikbechern mit Strohhalmen, eine Umweltsünde, nun denn. Mama Miebach tut sich etwas schwer, so hockend zu essen. Es ist nicht gerade das, was sie erwartet hat, aber sie muss sich eingestehen, es schmeckt. Ellen holt sich noch mal Nachschlag, der Gemüseeintopf Sayur Nangka mit in Kokosnussmilch gekochter unreifer Jackfruit, zubereitet mit Kardamom und anderen Gewürzen, ist eine ihrer bevorzugten Speisen.

Nach dem Essen setzt sich Made Suma zu ihnen. Er entschuldigt sich höflich, sich nicht früher um sie gekümmert zu haben. Mit Festvorbereitungen beschäftigt, begründet er seine Verspätung und bedankt sich insbesondere bei Mama Miebach für den Besuch. Er fragt in die Runde, ob jemand Kaffee möchte, winkt seine Schwester herbei und gibt die Bestellung auf.

„Ja, einen Bali-Kaffee mit etwas Zucker, den könnte ich jetzt schon brauchen", meint Ellen, „was meinst du, Mama?"

Im Hintergrund ist ein Gamelan-Orchester zu hören mit den Xylofonen und lauten Gongs. Die Ehrenpersonen des heutigen Tages schreiten aus der Bale (offene Halle) in den Innenhof. Sie sind jetzt alle Erwachsene und damit haben sie die Berechtigung erlangt, sexuellen Erfahrungen zu machen. Balis Kultur ist in dieser Beziehung recht frei, sie erlaubt der Jugend, sich auszuprobieren. Das hört dann aber schlagartig mit der Hochzeit auf.

Made Suma erhebt sich plötzlich mit der Entschuldigung, sich um ankommende Gäste kümmern zu müssen. Da nimmt Ellen den Moment wahr, ein Zeichen des Aufbruchs auch für sich zu geben.

„Ach, das trifft sich gut, da könntest du mich doch bitte mitnehmen, Ellen. Made ist zu beschäftigt hier und er müsste extra wegen mir heute noch nach Kerobokan fahren. Dabei würde er sicher diese Nacht lieber hierbleiben und seiner Familie zur Hand gehen."

„Klar, kein Thema, Monika." Sie verabschieden sich von Made, der als Repräsentant der Familie sie bis zum Eingangstor begleitet. Monika sucht ihre Handtasche, kann sie aber nicht finden und bittet ihren Freund, doch später danach zu suchen. Glücklicherweise hat sie einen Nachtwächter zu Hause mit Ersatzschlüssel für ihr Haus. Als Maria Miebach an diesem Abend hundemüde ins Bett fällt, ist sie überwältigt von den Eindrücken des Tages.

„Wenn ich das meinen Canasta-Damen erzähle", murmelt sie vor sich hin und ist schon eingeschlafen.

llen freut sich über einen freien Tag. Keine Ausflüge und ohne Mutter. Sie wird die Zeit nutzen, liegen gebliebenen Papierkram aufzuarbeiten, um die nächsten Tage frei zu haben. Heute Abend wird Dieter ankommen. Sie freut sich wahnsinnig. Ihre Mutter hat genug zu tun, die vielen Eindrücke und Fotos der Zahnfeilzeremonie zu sortieren. Dies wird sie ein, zwei Tage beschäftigt halten. Ellen darf sich getrost auf das Wiedersehen mit Dieter freuen. Sie sitzt an ihrem Esstisch auf der Terrasse über ihren Stocklisten, um den aktuellen Warenbestand festzustellen, als ein Anruf von Monika eingeht.

„Hallo meine Liebe, war das ein tolles Erlebnis gestern … Vielen Dank nochmals für die Einladung", mit diesen Worten nimmt Ellen das Gespräch entgegen.

„Ja Ellen, wir haben uns auch total gefreut, dass ihr der Einladung nachgekommen seid. Für mich war es schon recht angenehm, nicht allein dem Ganzen ausgesetzt zu sein. Weißt du, ich spreche kein Indonesisch, ich bin ja noch nicht allzu lange im Land. Da fühle ich mich manches Mal etwas verlassen und fehl am Platz, wenn Made mich mitnimmt ins Dorf. Made kann ja nicht ständig um mich herum sein, besonders bei solch wichtigem Anlass nicht.

Aber warum ich anrufe, Ellen ... Made ist heute Morgen zurückgekommen mit der Nachricht, dass meine Handtasche verschwunden ist. Er hat gestern Abend alles abgesucht, aber nichts gefunden. Made meint, es ist unmöglich, dass jemand die Tasche entwendet hat. Entweder sei sie im Müll gelandet oder verwechselt worden. Was hältst du von dieser Erklärung?"

„Oh, herrje. Das ist aber schade. Hm."

„Ja, und mein Hausschlüssel war darin. Meinst du, ich sollte die Türschlösser auswechseln?"

„Was war denn noch alles darin?"

„Nur meine Haarbürste, Spiegel und Lippenstift sowie eine kleine Geldbörse mit etwas Bargeld."

„Du könntest auf jeden Fall Pak Albertus anrufen und ihn darüber informieren. Warte mal einige Tage ab, bevor du die Schlösser schon wieder wechselst. Vielleicht klärt sich ja alles auf in den nächsten Tagen. Ist Made bei dir heute Nacht?"

„Nein, er ist wieder im Dorf, aber der Nachtwächter ist hier. Ok, ich werde einige Tage abwarten, vielleicht löst sich ja alles auf."

„Ja Monika, hab etwas Geduld, du ... ich muss Schluss machen. Ich fahre gleich zum Flughafen, mein Freund kommt heute an. Aber halte mich auf dem Laufenden ... bis dann, Monika".

„Oh wie toll, Ellen … Mega, ich freu mich für dich. Ich melde mich, tschüss."

Ellen steht vor der Ankunftshalle und sieht Dieter schon von Weitem in seinem weißen Outfit. Sie lacht ihn an, er erwidert ihr Winken. Er muss durch die Schleuse mit den Duty-free-Shops, bevor er wieder in Erscheinung tritt. Ellen geht ihm aufgeregt entgegen, und endlich liegen sich die beiden in den Armen. Diese Umarmung tut gut. So vertraut.

Unerwartet war seine Rückkehr, dann plötzlich ging alles so schnell. Endlich ist diese Nähe wieder da.

„Gott sei Dank, Dieter, ich freue mich so." Sie küssen sich herzlich und es kommt beiden so vor, als seien sie nie getrennt gewesen.

Drei Monate ist es her, dass sie notgedrungen verschiedene Wege eingeschlagen haben. Denn sie stehen mit beiden Beinen im Leben und wissen fest entschlossen, was notwendig ist, ihren persönlichen Weg zu gehen. Ohne eitle Verletztheit und ohne Verzicht. Oft spielt das Schicksal in solchen Momenten gegen die Liebe. Aber was zusammengehört, findet sich wieder, davon ist Ellen fest überzeugt. Und so sind sie heute einmal mehr glücklich zusammen. Eine riesige Freude umgibt sie. Alles andere ist unwichtig heute.

Es ist Ein Uhr morgens, sie liegen in Ellens Bett und erzählen sich gegenseitig ihre Erlebnisse. Als

Ellen den Einbruch schildert und die Geschehnisse um Schlingel, reagiert Dieter sichtlich erschrocken.

„Du hast gezögert, mir von alldem zu berichten, Ellen. Warum? Ich wäre schon eher zurückgekommen."

„Das war doch nicht der Rede wert", kommt es etwas übertrieben lässig zurück.

„Ich wollte nicht rumnerven und dir deine Zeit im Aschram vermiesen. Aber als ich anfing zu spinnen, du weißt schon … das Ereignis mit dem Nachtwächter, ja da hätte mir etwas Anlehnung gutgetan. Drum habe ich dir die Nachricht geschrieben. Du kannst dir die Schauergeschichten nicht vorstellen, die Made mir in den schillerndsten Nuancen erzählt hat. So gruselig, dass ich Tage davon geträumt hab."

„Du, Dieter. Ich hätte da so eine Idee. Aber sag mir bitte, wenn du diesen Gedanken panne findest."

„Schieß los, Schatz. Was ist das für eine Idee?"

„Wenn du einverstanden bist, würde ich mich freuen, wenn du bei mir einzögest, ich würde mich sicherer fühlen. Aber wohlgemerkt nur, wenn's dir passt. Fühle dich bitte nicht verpflichtet." Dieter, der Ellen im Arm hält, drückt sie etwas fester an sich und küsst ihr zärtlich aufs Haar.

„Aber klar doch. Ich bin sogar froh darüber. Und weil ich gerne bei dir bin, habe ich mir auch gar keine Mühe gegeben, ein Haus zu suchen". Für eine geraume Zeit wird die Unterhaltung von Zärtlichkeiten unterbrochen, bevor Dieter das Gespräch fortführt.

„Erzähle mir mehr von Mades Schauergeschichtchen, klingt spannend". Ellens Fantasie ist gefragt, und schon ist sie ganz in ihrem Element. Sie rezitiert Mades Geschichten und übertreibt dabei in gleichem Maße.

Am nächsten Morgen sitzen sie verschlafen auf der neuen Terrasse und schlürfen Tchibo-Kaffee. Dieter ist ganz angetan von den Neuerungen um das Haus. Ellen berichtet, wie sie den Anbau in ihrer Abwesenheit unter Mades Aufsicht per „remote control" durchgeführt hat, da hört sie ein Motorengeräusch im Hintergrund und Schlingel schlägt sofort aggressiv an. In Anbetracht des ungewöhnlichen Benehmens ihres Hundes, läuft Ellen in Richtung Eingangstor und ruft Schlingel zurück. Eine zierliche Person steigt von der schweren Maschine ab und hängt den Helm über den Spiegel. Erst jetzt erkennt Ellen, um wen es sich bei diesem Gast handelt. Es ist Monika. Sie sieht müde aus, um nicht zu sagen schlecht.

„Hi Monika, was ist los?"

„Ellen, hast du einen Moment?"

„Klar, komm rein."

Die beiden Frauen durchqueren den Garten bis zur Terrasse. Ellen stellt der Besucherin ihren Freund Dieter vor. Nach ein paar Höflichkeitsfloskeln entschuldigt sich Dieter mit der Begründung, duschen zu wollen. Die Frauen setzen sich derweil auf die Terrasse. Ellen bietet ihrer Bekannten einen Kaffee an, und schnell kommen die beiden zum Kern des Gesprächs.

„Was ist denn passiert, Monika?"

„Also ... als ich heute Morgen aufgestanden bin und meine Hunde füttern wollte, da fand ich sie im Garten, recht aufgeregt. Ich sah sie einen Gegenstand hin und her zerren. Als ich näherkam, sah ich einen Plastikbeutel, sie hatten ihn im Garten ausgebuddelt. Ich nahm das Bündel an mich, und als ich es untersuchte, kam dies zum Vorschein." Sie öffnet ihren Beutel und befördert ein Bündel Plastik zutage, aus dem eine kleine, zerrupfte Strohpuppe herauslugt. Ich habe niemals so etwas besessen. Von mir ist das jedenfalls nicht."

„Ach du Schreck", kommt es prompt aus Ellen heraus. „Hast du dies Made Suma gezeigt?"

„Er ist nicht da!"

„Hast du wenigstens mit ihm gesprochen?"

„Ja, er sagt, er kommt heute Nachmittag und er wird sich der Sache annehmen. Aber ich habe Angst, Ellen. Was hat das zu bedeuten?"

„Tja, das sieht in der Tat merkwürdig aus. Aber sprich erst mal mit Made. Hast du sonst noch etwas beobachtet? Wo war das denn vergraben? Ist jemand eingebrochen?"

„Nein, alles ist wie immer, kein Zeichen von Einbruch. Ich war gestern morgen mit den Hunden am Strand, danach den ganzen Tag und Abend zu Hause. Alles wie gewohnt. Erst heute früh, als ich zum Strand aufbrechen wollte, da gab es Tumult unter den Welpen. Hinterm Haus haben sie ein Loch gegraben und diesen Fund gemacht."

„Ok, weißt du was? Wir fahren jetzt zu dir und sehen uns das Ganze vor Ort noch mal an. Dann spreche ich mit Pak Albertus und wir warten zusammen auf deinen Made, bis er kommt."

Ellen verabschiedet sich von Dieter, indem sie in Richtung Badezimmer ruft: „Bin am Nachmittag zurück!" Ellens Made, die bei diesem Gespräch mitgehorcht hat, flüstert Ellen zu:

„Ah, itu ilmu hitam, pasti! Da ist garantiert schwarze Magie im Spiel".

12 ELLEN IST VERUNSICHERT

„Das Loch ist nicht tief. Die Welpen konnten die Beute schnell erschnuppern. Ansonsten gibt es keine Spuren. Wir haben alles untersucht," stellt Pak Albertus fest.

„Meine Damen, bezüglich des Einbruchs von neulich habe ich leider keine aufschlussreiche Mitteilung zu machen. Wir haben bisher keine Wiederholungstaten feststellen können, die auf eine Einbrechergang hinweisen könnten. Es sieht so aus, als handele es sich hier um zwei völlig unterschiedliche Einbrüche. Auf den ersten Blick könnte man den Eindruck haben, ihre beiden Fälle stehen in Beziehung, trotzdem ist es zweifelhaft. Übereinstimmend ist der Versuch, die Hunde auszuschalten. Aber in Ihrem Fall, Miss Ellen, sind elektronische Geräte gestohlen worden, während in Ihrem Fall, Miss Monika, absolut nichts gestohlen wurde."

„Hmm, zugegeben, das ist merkwürdig. Was halten Sie denn von der Strohpuppe, Pak Albertus?", kommentiert Ellen.

In diesem Moment kommt Made Suma hereingestürmt. Er geht gleich auf Monika zu, nimmt sie in den Arm und lässt sich erklären, was passiert ist. Monika schildert noch mal den

Tatbestand und zeigt ihm die Puppe. Sofort verdunkelt sich Mades Gesicht. Auf der Stirn tritt eine Ader deutlich hervor und seine Nasenflügel, die breit ausgeprägt sind, wie es typisch ist für die Menschen in Südostasien, blähen sich gefährlich auf.

„Oh je, ich habe es geahnt." Nach einer kurzen Pause meinte er:

„Das ist eindeutig! Santet! Kerjaan bangsat! Teufelswerk, wer steckt bloß dahinter?", kommt es wütend aus ihm heraus, derweil Monikas Gesicht blass wird und sie sich setzen muss.

„Wir müssen eine Reinigungszeremonie abhalten", kommt es entschlossen aus Made Sumas Mund.

Ellen ist etwas verwundert über diesen Vorschlag, vor allem deshalb, da Pak Albertus seine Zustimmung zum Ausdruck bringt, indem er mit dem Kopf nickt. Er verabschiedet sich mit den Worten: „Entschuldigen Sie mich bitte. Ich nehme an, meine Anwesenheit wird hier heute nicht mehr benötigt. Miss Ellen, sollten Sie neue Informationen haben, rufen Sie mich an. Auf Wiedersehen allerseits, selamat sore".

Pak Albertus nickt in die Runde und verlässt mit seinen Männern das Haus. Ellen geht hinüber zu Monika und setzt sich neben sie.

„Alles ok, Monika?"

„Ja ja, es geht schon. Hast du mal eine Zigarette, Made?" Er kommt mit einer Packung und zündet seiner Freundin eine Fluppe an.

„Wie meinst du das mit der Reinigung?"

„Ich rufe gleich unseren Mangku (Hilfspriester)an und frage ihn, wann ein guter Tag ist. Er wird alles Notwendige veranlassen." In Bali kann man nicht selbst bestimmen, wann etwaige Zeremonien oder Festlichkeiten abgehalten werden. Erst muss ein günstiger Tag im Kalender Balis gefunden werden. Dies ist die Aufgabe der Priester.

„Ich bin dann wohl auch nicht mehr von Nöten. Monika, wenn du mich brauchst …" Ellen macht eine eindeutige Handbewegung, nickt erst Monika, dann Made freundlich zu und geht.

Die Reaktion von Pak Albertus findet Ellen irgendwie komisch. Zu Hause angekommen, erstattet sie ihm einen Anruf. „Hallo Pak, ich bin es noch mal. Ich war überrascht über ihren schnellen Abgang vorhin. Können Sie mir das bitte etwas genauer erklären?"

„Miss Ellen, für mich ist der Fall recht klar. Da ist schwarze Magie im Spiel, damit hat die Polizei nichts zu tun. Made Suma wird wissen, was zu tun ist. Sie werden sehen, alles wird sich auflösen nach der Zeremonie."

„Ach so, na dann. Vielen Dank, Pak."

13 DAS KENNENLERNEN

Heute ist der große Tag. Ellen möchte endlich ihrer Mama Dieter vorstellen. Sie hat vorgeschlagen, zusammen am Strand den Sonnenuntergang zu erleben und in ihrem Lieblings-Warong zu Abend zu essen. Ellen ist es etwas mulmig zumute, sie befürchtet unpassende Sprüche ihrer Mutter.

Treffpunkt für alle drei ist der große Torbogen am Petitenget Beach um 17 Uhr. Ellen winkt ihrer Mutter zu, die, auf einem Sarong sitzend, mit ihrem großen Strohhut schon von Weitem gut zu erkennen ist. Frau Miebach hat heute extra auf ihren Spaziergang verzichtet, um ihren Schwiegersohn „in spe" kennenzulernen. Sie ist etwas aufgeregt.

„Hallo Mama. Gut siehst du aus. So entspannt und sichtlich erholt. Ich sollte mir auch solch einen Müßiggang angewöhnen."

„Mein Kind, dazu wirst du Gelegenheit haben, wenn du mal so alt bist wie ich", schallt es gut gelaunt mit einem Hauch von ironischem Unterton, aber wohlgemeint zurück.

„Komm, setz dich zu mir." Ellen kniet sich erst auf den Sarong und hockt sich auf ihre Fersen. Sie verweilt einen Moment, dann sagt sie: „Mama, Dieter wird uns direkt im Warong treffen. Er hat noch zu tun. Komm, lass uns aufbrechen." Ellen hilft ihrer Mutter auf und schüttelt den Sarong aus, dann schlendern sie langsam in Richtung Norden immer der Brandung entlang. Die Sonne steht schon recht tief und ihre Strahlen spiegeln sich auf der auffällig ruhigen Wasseroberfläche. Manchmal ist das Meer minutenlang still ohne Wellen. Die Ruhe täuscht aber, denn weit draußen im Meer baut sich derweil ein Wellenberg auf, der nur darauf wartet, seine Energie in einer überdurchschnittlich großen Welle zu entladen. Ellen hakt sich bei ihrer Mutter ein und zieht sie instinktiv etwas vom Wasser weg, um nicht total nass zu werden. So eng miteinander verbunden fühlt sich Ellen bestärkt, ihr Anliegen zu unterbreiten. Sie hat immer so ihre Schwierigkeiten, gewisse Sachen mit ihrer Mutter zu besprechen, sie befürchtet jedes Mal, einen Streit zu provozieren.

„Du, Mama, darf ich dich bitten, Dieter bezüglich seiner Indienerfahrung nicht auszufragen und keine abfälligen Bemerkungen zu äußern?"

„Du meinst sein Sektengedöns? Nein, keine Bange, ich werde mich zurückhalten."

„Danke, Mama."

Die Frauen versuchen, den Aufgang zum Warong hinaufzuklettern. Aber die Abstände der einzelnen Stufen sind extrem hoch. Sie bestehen aus riesigen Betonröhren, die mit Sand aufgefüllt sind. Es ist keine richtige Treppe. Dieter kommt herbeigelaufen und zieht kräftig an Maria Miebachs Arm, während Ellen von unten versucht zu schieben. Einige Touristen bleiben stehen und schauen sich das Spektakel an, manche machen sogar Fotos mit dem Handy. Frau Miebach ist diese Aktion recht peinlich. Sie ist erzürnt über ihre Tochter, dieses Restaurant ausgesucht zu haben, aber ihr Ärger verliert sich schnell in Schall und Rauch. Dieter kommt kurzerhand um sie herum, und charmant, wie er ist, spricht er: „Gestatten Sie, gnädige Frau?", nimmt Frau Miebach einfach auf den Arm und trägt sie bis an den Tisch.

„Na das nenn ich Kavalier alter Schule", schwärmt Frau Miebach lächelnd. Das Eis war gebrochen. Ellen schweigt. Sie wäre am liebsten im Erdboden versunken, als sie die neugierigen Blicke der Touristen bemerkte. Gott sei Dank hat Dieter die Situation gerettet. Ein Held. Wie konnte sie auch nur mit Mama den Weg über den Strand nehmen.

„Keine Angst, Mama, der Nachhauseweg führt über die Straße hinter dem Restaurant. Dieter ist mit dem Wagen da", entschuldigt sich leise bei ihrer Mutter, die das Ganze aber augenscheinlich schon vergessen hat.

Im Nachhinein ist sich Ellen bewusst, dass der Abend gar nicht besser hätte laufen können. Das Eis war sofort gebrochen und die anschließende Kommunikation kein Problem. Man schmiedet schon gemeinsam Pläne für den nächsten Tag.

Frau Miebach hat in ihrem Reiseführer über den Freizeitpark Garuda Wisnu Kencana gelesen. Sie ist fasziniert von den gigantischen Fabelwesen und hat den dringenden Wunsch, diesen Park zu besuchen. Sie schwärmt Dieter und Ellen vor, wie spektakulär doch dieses Ausflugsziel sein muss.

„Ihr müsst wissen", erklärt sie, „die Gottheit Wisnu, sie symbolisiert Loyalität und Stärke, reitet auf dem Garuda. Dieser ist die mythologische Erscheinung eines Fabelwesens, ein Adler mit menschlichen Zügen. Der Garuda ist das Symbol der Freiheit von allen Fesseln und nicht nur das nationale Wahrzeichen des Landes, sogar die indonesische Fluglinie ist nach ihm benannt."

„Mama, ich bin beeindruckt. Was du alles weißt. Dann machen wir das, hört sich nach einem guten Plan an."

Am nächsten Morgen soll es zeitig losgehen. Ellen und Dieter möchten Mama Miebach zum gemeinsamen Frühstück im The Straw Hut treffen. Danach wird man direkt nach Bukit aufbrechen. Gott sei Dank hat Dieter seinen Avanza wieder zur Verfügung, und den besten Chauffeur aller Zeiten gibts obendrein. Hat sie ein Glück. Auf dem Weg durch den Garten zum Wagen erreicht ein mächtiges, aber schon bekanntes Motorengeräusch ihre Ohren. Die kleine, zierliche Monika steigt ab, hängt den Helm über den Spiegel und öffnet die schwarze Motorradjacke. Monika auf ihrer Binter, eine Vintage Kawasaki.

„Guten Morgen, Monika, was gibts?"

„Kann ich dich einen Moment sprechen?"

„Ja, klar doch, ich habe allerdings nicht viel Zeit", erwidert Ellen schnell. An Dieter gerichtet flüstert sie: „Könntest du schon mal vorfahren, Liebling? Mama wird nicht mit dem Frühstück anfangen, bevor wir nicht da sind. Ich komme sofort nach. Bestell für mich bitte zweimal Tomato-cheese Jaffles und Koffee zum Mitnehmen. Ich esse dann im Auto." Sie gibt ihm einen Kuss auf die Wange. Bevor Dieter auf und davon ist, erwidert er Ellen: „Mach dir keine Sorgen, Schatz, deine Mutter habe ich fest im Griff. Es macht mir eingehend Spaß, den Lieblingsschwiegersohn zu spielen, und sie genießt es." Ellen ist glücklich, einen so verständnisvollen Partner zu haben, sinnlose und überflüssige Diskussionen kommen bei ihnen glücklicherweise nicht vor.

„**K**omm rein, Monika, und erzähl! Was hast du auf dem Herzen?"

„Ach Ellen, ich weiß auch nicht. Es geht mir nicht gut. Diese ganze Sache zehrt immer mehr an meinen Nerven. Jetzt habe ich mich auch noch mit Made zerstritten. Ich bin so verwirrt. Gestern Abend kamen so viele Leute aus dem Dorf und haben mit Made diskutiert. Sein Vater war da und seine beiden Schwestern und einige andere Personen. Sie haben über die spirituelle Säuberung gesprochen. Ich will das alles eigentlich nicht.

Ich erwartete wenigstens, dass Made es mir erklärt, aber er konnte oder wollte nicht. Er sagt immer nur, du verstehst das nicht, man macht das hier so, und ich solle ihm doch einfach nur vertrauen. In drei Tagen, sagten sie, sei ein guter Tag. Dann werden sie die Zeremonie durchführen. Nicht nur das Haus soll spirituell gereinigt werden, auch mit mir will man etwas anstellen, weiße Magie einsetzen, sagen sie. Made ist überzeugt, dass mit mir was nicht stimmt. Ich habe oft Kopfschmerzen und bin verwirrt, Ellen. Ich hab' solche Angst, was soll ich nur machen?"

„Wo ist denn Made jetzt?", fragt Ellen.

„Er ist heute Morgen wieder ins Dorf gefahren, um mit dem Mangku (Priester) die Details zu besprechen und Opfergaben zu bestellen. Ich mag gar nicht gerne allein zu Hause sein."

„Komm, setz dich. Ich frage mal meine Made, was sie von alledem hält."

Ellen bittet Monika, auf der Terrasse Platz zunehmen. Dann verschwindet sie in die Küche. Sie erklärt den Sachverhalt und bittet Made um ihre ehrliche Meinung. In Gegenwart von Monika gibt Made folgende Erklärung ab:

„Miss Monika, so wie Ibu Ellen es mir geschildert hat, scheint mir alles normal abzulaufen. Es ist tatsächlich so, dass der Familienrat einberufen wird, wenn es Probleme gibt. Und da hat erst mal der Mangku absolute Autorität und danach erweist man dem Familienoberhaupt Respekt. Nun ist er nicht dein Ehemann, aber da Made als dein Partner in deinem Haus wohnt und er offiziell um Hilfe ersucht hat, gilt er in gewisser Weise als Vertreter deines Haushalts. Das scheint merkwürdig, aber wenn du von der schwarzen Magie befreit werden möchtest, müssen diese traditionellen Strukturen schon eingehalten werden."

„Aber ich glaube nicht an schwarze Magie! Was soll der ganze Scheiß? Ich will das nicht!"

„Tja, so ist das, wenn man mit einem Balinesen liiert ist. Unterschiedliche Kulturen. Solange es keine Probleme gibt, ist alles rosarot, aber dann ..." Made lächelt freundlich, zieht die Augenbrauen vielsagend hoch und verschwindet wieder in ihrer Küche.

„Ich glaube, du musst dir erst mal keine Sorgen machen, die Erklärung ist doch recht einleuchtend, findest du nicht?", versucht Ellen ihre Bekannte zu beschwichtigen.

„Du, Monika, ich möchte nicht unhöflich sein, aber werde mich jetzt verabschieden, meine Mutter wartet schon."

„Oh ja, entschuldige, dass ich dich so in Beschlag nehme", Monika schlüpft in ihre schwarze Lederjacke. „Soll ich dich vielleicht mitnehmen und wo absetzen?"

„Gute Idee, gerne. Du kannst mich bitte zum The Straw Hut Restaurant bringen, das ist nicht weit von hier."

Ellen nimmt sich ihren Helm, verabschiedet sich kurz von Made in der Küche, und die beiden rauschen mit lautem Motorengeheul davon.

Der Besuch des Freizeitparks war ein Volltreffer. Schon lange hatte Ellen nicht mehr solch eine harmonische Zeit mit ihrer Mutter erlebt. Ihrer Meinung nach gibt es einen guten Grund für diese außerordentlich positive Gemütslage ihrer Mutter. Nicht, dass Ellen ihre Mutter herumgeführt hätte, eher umgekehrt. Frau Miebach war heute die Reiseleiterin, die mit dem angelesenen Hintergrundwissen aus dem Reiseführer glänzen konnte. Sie hat ihre vertraute Lehrerinnenrolle wieder eingenommen und ihre Vorträge fielen sogar auf fruchtbaren Boden. Darüber hinaus hatte Mutter Miebach in Dieter den aufmerksamsten Zuhörer aller Zeiten.

Ellen selbst war vor allem wegen der Tatsache, dass die beiden sich so gut verstehen, von äußerster Zufriedenheit beseelt.

Ellen hätte es sich nicht im Traum einfallen lassen, dass diese etwas spröde, auf Vornehmheit bedachte Hanseatin sich mit dem in Fisherman-Hosen und Flatterhemd herumlaufenden Yogalehrer aus Berlin so gut verstehen würde.

Später im Bett will Ellen wissen, was Dieter bloß angestellt hat, dass ihre Mutter so verzaubert ist.

„Ganz einfach", sagt er. „Ich höre ihr zu, lasse sie aussprechen und zeige echtes Interesse an dem, was sie sagt. Ein wenig flunkern ist erlaubt, wenn es denn zur allgemeinen Harmoniefindung beiträgt."

„Hast du das in Indien gelernt?", etwas ungläubig runzelt Ellen die Augenbrauen. Sagt aber weiter nichts hierzu. Sie ist nur einfach zufrieden und müde. Gewohnheitsgemäß wirft sie noch mal einen Blick auf das Display ihres Handys, bevor sie das Licht löscht. Sie sieht einen verpassten Anruf von Monika. Sie wird morgen zurückrufen, jetzt möchte sie nur noch schlafen.

Am nächsten Morgen beim Frühstück bespricht das Paar, welche Maßnahmen längerfristig getroffen werden sollten, um das Haus besser vor Einbrechern schützen zu können. Ellen hat zwar jetzt einen Nachtwächter, aber trotzdem ist ihr nicht mehr wohl dabei, ihre Wohnung so offen jedem potenziellen Dieb anzupreisen. Es ist ja geradezu eine Einladung für solche Typen. Die Zeiten haben sich geändert. Nichts ist mehr so wie früher.

„Was meinst du, Dieter, ich könnte eine Holzwand einziehen lassen mit Fensterelementen über die ganze Breite des Hauses, und das Bad könnte eine Pergola aus einem Eisengitter bekommen, an dem man Pflanzen ranken lassen kann. So kann niemand von außen über die Mauer springen. Das war neulich echt unheimlich, als ich beim Duschen war und ..."

Ellens Redefluss wird abrupt unterbrochen vom Klingelton ihres Handys.

„Es ist Monika, da muss ich mal ran."

„Ja Monika? Sorry, ich bin nicht dazu gekommen zurückzurufen."

Monikas Stimme klingt aufgeregt: „Ellen, als ich gestern nach Hause kam, ist mir was aufgefallen. Erinnerst Du dich an die Zahnfeilzeremonie? Da war doch plötzlich meine Handtasche mit Haarbürste, Lippenstift und meinem Schlüssel verschwunden."

„Ja stimmt, Monika. Ich erinnere mich daran."

„Also spinne ich nicht. Stell dir vor, gestern Nachmittag waren die Gegenstände wieder in meinem Badezimmer. Was sagst du nun?"

„Wow, bist du sicher?"

„Ja, ganz sicher".

„Und was sagt Made dazu?"

„Der ist noch nicht zurück. Weißt du, Ellen, wenn ich mir nicht so sicher wäre mit meiner Beziehung zu Made, ich würde denken, er steckt dahinter. Alles deutet irgendwie darauf hin. So, wie er mir immer diese Black magic einreden will. Aber ich hab ihn lieb und er mich auch, glaube ich zumindest. Ich kann mir nicht vorstellen, dass er komische Absichten hegt. Wozu auch."

„Nein, das glaube ich auch nicht, du hast ja gehört, was meine Made dazu sagt. Die Balinesen denken und handeln halt so. Das ist ganz normal. Mach dir keine Sorgen."

„Aber mir graut es vor der Zeremonie. Ich will das nicht."

„Dann solltest du Made einmal klipp und klar eine Ansage machen, damit er versteht, was Sache ist. Es hat absolut keinen Zweck, wenn du seine Aktion mit den Vorbereitungen auflaufen lässt. Ruf ihn an und blas alles ab, bevor es zu spät ist. Aber wenn du meinen Rat hören willst, dann lass die Reinigung des Hauses in jedem Fall durchführen. Das ist nicht verkehrt. Du musst ja nicht mitbeten bei der ganzen Aktion. Schlag Made vor, die Zeremonie in deiner Abwesenheit zu machen. Und du kommst in der Zeit zu mir. Ich könnte mir vorstellen, dass dies eine akzeptable Lösung ist. Balinesen sind in der Ausübung ihrer Religion flexibel, sie lassen immer Raum für alle Eventualitäten."

„Ja Ellen, keine schlechte Idee. Ich rede mit ihm. Danke für deinen Rat und deine Unterstützung."

Ellen schildert Dieter die Problematik zu Monikas Anliegen in allen Einzelheiten. Er wird sich bewusst, dass seine Freundin hier einen neuen Fall wittert, aus dem sie sich nicht raushalten wird.

„Abgemacht, dann stehe ich morgen nach meinem Strandspaziergang so gegen 10 Uhr auf deiner Matte". Das waren Monikas letzte Worte, kann sich Ellen erinnern. Was folgte, war eine Menge Unruhe. Zuerst hat sich Ellen nichts dabei gedacht, als ihre Freundin nicht wie geplant aufgetaucht ist. Sie nahm an, Monika hätte es sich anders überlegt und doch an der Zeremonie teilgenommen. Deshalb hat sie sich nicht weiter gekümmert.

Dann aber, am nächsten Tag, erreicht sie Made Sumas Anruf mit der Frage nach Monika und warum sie nicht nach Hause käme.

Sofort bricht Hektik aus. Etwas Furchtbares musste passiert sein. Ein Unfall, eine Entführung, oder Monika hat die Nerven verloren und ist vor den Problemen davongelaufen. Letzteres ist unwahrscheinlich, aber nicht auszuschließen.

Ellen kontaktiert sofort Pak Albertus und meldet ihre Freundin als vermisst. Die Polizei versucht, Monikas Handynummer zu orten. Leider ist das Gerät abgeschaltet.

„Jetzt schnell das Konsulat informieren und dann lass uns mal die Strecke abfahren, die Monika hätte nehmen müssen", spricht sie zu Dieter gerichtet.

„Mit etwas Glück sehen wir ihre Maschine oder anderes Aufschlussreiches", schlägt sie ihrem Freund vor.

Mit dem Motorroller fahren sie schnell die Strecke vom Petitenget Tempel über den Lio Corner bis hin zur Jalan Merta Sari und wieder zurück ab, bemerken aber nichts Auffälliges. Ein Gewusel auf den Straßen wie eh und je.

„Was machen wir jetzt?" spricht Ellen mehr zu sich selbst als zu ihrem Freund und schaut gedankenverloren jedem Motorrad hinterher.

„Ich würde vorschlagen, wir treffen uns mit Made Suma und beratschlagen, wie es weitergeht und wie wir uns am besten aufteilen."

„Warum kommen brillante Ideen immer von dir, Schatz?"

„Na, ich wüsste schon warum, denn …" Hier fällt ihm Ellen ins Wort: „Gequatsche überflüssig, auf zu Made Suma. Du fährst, ich ruf ihn derweil an und sag ihm, wir sind auf dem Weg."

Dieter fährt im Eiltempo die Jalan Petitenget hinunter, dann jedoch stecken sie erst mal fest im Stau an der Ampel am Lio Corner. Zwei Ampelphasen muss er abwarten, bis er endlich die Kreuzung der reichbefahrenen Jalan Raya Kerobokan überquert, um dann in die Knaststraße einzubiegen. An der Einfahrt des Hauses angekommen, stehen einige Nachbarn herum, die schon von dem Ereignis gehört haben. Übereinandergestapelte Hocker und der Müll vom

Tag davor zeugen von der Feierlichkeit letzter Nacht.

Stimmengewirr schallt aus dem Haus, die Welpen kommen angekläfft, als das Hausmädchen die Besucher hineinlässt. Der Wohnraum ist recht unordentlich, man ist augenscheinlich nicht dazu gekommen aufzuräumen, denn es gibt immer wieder jede Menge unerwartete Besucher.

„Hi Made", ruft Monika dem stellvertretenden Hausherrn zu.

„Hallo Ellen, hi Dieter, danke für eure Hilfe, wartet, ich komme gleich."

Das Paar lässt sich nieder an einem Seitentisch und beobachtet das Geschehen.

Ein Wirrwarr von Leuten. Was machen sie bloß alle hier? Das Hausmädchen läuft herum und verteilt Kaffee, während ein Junge, der etwas zurückgeblieben oder leicht behindert zu sein scheint, die leeren Gläser einsammelt.

Made Suma spricht mit dem ein und anderen sichtlich unaufgeregt und immer höflich die Form bewahrend. Er begleitet jeden Besucher zur Tür und endlich, jetzt ist er bereit, sich zu ihnen zu setzen. Er winkt dem Hausmädchen zu, etwas zu trinken zu reichen.

„Made, gibt es Nachricht von Monika? Was kannst du uns mitteilen, das

 in irgendeiner Weise Aufschluss geben könnte?", fängt Ellen die Unterhaltung etwas ungeduldig an.

„Leider nicht viel, Ellen. Aber dies erscheint mir wichtig. Gestern Morgen, bevor Monika das Haus verlassen hat, gab es einen heftigen Streit. Am Abend davor hatten wir uns darauf geeinigt, dass sie der Zeremonie nicht beiwohnen wird, sie lieber die Zeit bei dir verbringen wollte, bis alles vorüber ist. Heute Morgen, bevor sie losfuhr, fragte sie, um welche Zeit alles vorbei sei und sie zurückkommen könne. Ich antwortete ihr, dass ich das nicht wüsste. Es läge nicht in meiner Kontrolle, die Dauer der Zeremonie zu beeinflussen. Da wurde sie wütend und hat etwas geschrien, das ich aber nicht verstanden habe, und ist raus. Danach hab ich sie nicht mehr gesehen. Ich mache mir solche Sorgen. Mit der Polizei und den Krankenhäusern habe ich schon telefoniert, aber es ist kein Unfall vorgefallen, in den sie verwickelt gewesen wäre. Was sollen wir bloß tun?

„Meinst du, es hat was mit dem Fluch zu tun, der auf diesem Haus beziehungsweise auf Monika liegt?", bringt sich Dieter in das Gespräch ein.

Made bietet seinen Gästen Zigaretten an, die aber dankend ablehnen, und steckt sich selbst eine an. Das Hausmädchen kommt mit einem Tablett mit süßem Bali-Kaffee und Eiswasser für jeden. Er nimmt einen kräftigen Zug und antwortet: „Das ist zwar möglich, aber jetzt, wo man einen Unfall ausschließen muss, sieht es für mich danach aus, als ob sie irgendwo hingefahren ist. Vielleicht macht sich einige ruhige Tage und sagt nichts, um mir ein wenig Angst einjagen zu wollen. Aus Rache für die Zeremonie.

Ehrlich gesagt, ich möchte nur helfen. Das habe ich Monika schon von Anfang an gesagt. Sie hat immer solche Angst und beklagt sich bei mir über all die Sachen, die ihr zustoßen. Wenn ich dann aber helfen will, ist es auch nicht recht.

„Wenn es aber doch der Fluch ist? Wer könnte dahinterstecken?", fragt Ellen wissbegierig.

„Hm, schwer zu sagen, ich kenne nicht alle ihre Kontakte. Sie muss einen Feind haben. Vielleicht einen früheren Freund oder einen Geschäftskontakt, der ihr unlieb gesonnen ist. Ich werde mal alle ihre Kontakte durchgehen."

„Ok, Made, dann werde ich von meiner Seite aus, alle gemeinsame Bekannte prüfen. Lass uns jeder eine Liste zusammenstellen von Leuten, die mit Monika verkehrt haben, denen fühlen wir dann mal auf den Zahn. Ich werde mich morgen früh wieder bei dir melden. Dann rufen wir gemeinsam Pak Albertus an."

„Hoffentlich meldet sie sich ja bei dir oder bei mir, und die ganze Aufregung ist umsonst." Auf dem Weg zur Tür verabschiedet Made seine Gäste. Dieter sitzt schon auf dem Roller, als seine Mitfahrerin eine Kehrtwende macht und zurück ins Haus läuft. Das Hausmädchen öffnet noch mal die schwere, reich geschnitzte Massivholztür. Ellen schlüpft hindurch, ist aber einige Minuten später wieder zurück auf dem Roller.

„Was war denn das, Ellen?"

„Später", kommt es leise zurück.

16 EINGESPERRT

Ihre Lippen sind trocken und aufgeplatzt. Sie spürt ein Kribbeln am linken oberen Lippenrand. Ein Herpes ist im Anmarsch. Aber das ist Monika jetzt vollkommen egal. Sie liegt da zusammengepfercht in einer Holzkiste. Diese hat einige Löcher, über die sie Luft bekommt. Ein Strohhalm versorgt sie mit Wasser aus einer Flasche, die von außen befestigt ist. Es ist schwül und stickig. Die Kiste ist gerade mal so groß, dass sie mit halb angezogenen Beinen auf dem Rücken liegend hineinpasst. Die Arme sind über Kreuz gefesselt. Sie möchte schreien, bekommt aber keinen Ton aus ihrem in Mitleidenschaft geratenen Kehlkopf. Sie stellt fest, dass sie eingenässt hat. Ihre Shorts sind nass vom eigenen Urin. Wie lange sie hier wohl schon liegt? Wo ist sie? Es kommt ein strenger Geruch von links zu ihr herein in die Kiste. Durch einen Schlitz im Holz kann sie erkennen, dass sie sich in unmittelbarer Nachbarschaft einer Kuh befindet. Es scheint mitten in der Nacht zu sein. Sehen kann sie nur so viel, wie der Vollmond es ihr erlaubt.

Was war geschehen? Sie versucht, sich zu erinnern. Bruchstückhaft kommen Einzelheiten zurück in ihr Gedächtnis. Ein Polizist hatte sie an einer Ecke in der Jalan Petitenget angehalten und auf ihr

Motorrad hingewiesen. Sie ist von der Straße runter in eine Einfahrt gelotst worden. Er forderte sie auf abzusteigen und den Helm abzunehmen. Just in diesem Moment … – ihre Gedanken schweifen ab. Ihr wird wieder übel, ihr Schädel brummt. Die Gedankenfetzen zerlaufen zu einem dunklen Brei, der nach Kot und Urin stinkt. Wieder taucht sie ab in eine Welt des Unterbewusstseins und düsterer Träume.

Ellen, Dieter und Mama Miebach sitzen im Mondschein im The Straw Hut im hinteren Teil des Restaurants, welcher einem Biergarten gleicht. Man hat Pizza bestellt und Bier. Jetzt wird gemeinsam beratschlagt im Fall Monika. Ellen schreibt an ihrer Kontaktliste. Es gibt weder Neuigkeiten von Made noch von Pak Albertus. Ellen ist traurig, immer noch keine Nachricht von Monika bekommen zu haben. Langsam macht sie sich wirklich Sorgen. Frau Miebach schaut neugierig zu Ellen hinüber und fragt:

„Wie ist denn euer Treffen mit dem aufmerksamen Balinesen verlaufen? Das ist ja so ein sympathischer junger Mann. Na, wie heißt er noch mal? Der Freund von Monika?"

„Du meinst Made Suma, Mama. Also mal ganz ehrlich, mein Eindruck ist etwas durchwachsen. Er war ein wenig zu gelassen für meinen Geschmack, aber das kann bei Balinesen täuschen, die zeigen ihre wahren Gefühle nicht immer. Sie sind recht beherrscht, nicht so wie unsereins gleich aufbrausend."

„Ja, ich hatte einen ähnlichen Eindruck, Ellen. Wir sollten ihn im Auge behalten", kommt es aus Dieters Mund.

„Du wolltest mir doch noch erzählen, warum du vorhin wieder ins Haus zurückgegangen bist?"

„Ach ja, stimmt", entgegnet Ellen. Ihre Handbewegung deutet Vergesslichkeit an.

„Erinnerst du dich, Monika sprach von der Handtasche mit Haarbürste und Lippenstift, die erst verschwunden war und dann plötzlich wieder im Badezimmer aufgetaucht ist. Ich vermute, diese Indizien könnten uns weiterhelfen. Ich habe sie mitgenommen und werde sie morgen Pak Albertus geben, um sie auf Fingerabdrücke prüfen zu lassen."

„Klar, das war ein charakteristischer Ellen-Miebach-Schachzug", kommt es prompt zurück.

„Liebling, ich wusste, er würde nicht nach deinem Geschmack ausfallen, drum habe ich nichts gesagt." Dieter grinst verständnisvoll, sagt aber nichts.

Am nächsten Morgen sitzen sie wieder in Monikas Haus zusammen mit Made und Pak Albertus. Sie stimmen ihre Kontakte ab und kommen doch auf eine beträchtliche Summe. Dreizehn Personen gilt es zu prüfen.

„Fröhliches Schaffen, Pak", lächelnd übergibt Ellen dem Polizisten die Liste.

„Wer könnte von diesen Personen eine Abneigung, geschweige Hass gegenüber Monika hegen?" Kein überwältigender Ansatz in der Detektivarbeit, aber er ist der Einzige bis jetzt.

Ellen ist verzweifelt, sie glaubt nicht an die These, die Made aufgestellt hat. Selbst wenn Monika sich abgesetzt hätte, niemals würde sie ihre Verabredung mit Ellen einfach so platzen lassen. Warum auch. Schließlich ist sie Monikas Vertraute. Es gibt keinen Grund, nicht ein kleines Lebenszeichen abzusetzen. Monika würde wissen, dass Ellen sich Sorgen macht. Nein, das passt nicht zu Monika. Sie versucht, in etwas holprigen Indonesisch dem Polizisten ihren persönlichen Eindruck über Monika zu vermitteln, und beobachtet Made Suma dabei messerscharf.

Aber Made Suma reagiert anders, als Ellen erwartet.

„Ja, das habe ich noch gar nicht bedacht", räumt er ein. Mit ernstem Gesichtsausdruck fährt er fort. „Das ist tatsächlich untypisch für Monika, sie hätte ihre Freundin in ihre Pläne eingeweiht."

Als Pak Albertus sich verabschiedet, gibt auch Ellen ein Zeichen zum Aufbruch, das Paar folgt dem Polizisten hinaus. Auf der Straße in einiger Entfernung zum Haus übergibt sie ihm eine Plastiktüte mit den Worten: „Bitte nehmen sie dies, ich schreibe Ihnen eine WhatsApp zwecks Erklärung."

Monikas Kopf schmerzt. Nicht nur der Kopf, nein alle Gliedmaßen, der Rücken, alles. Aber der Kopf insbesondere.

„Ich muss mich verletzt haben, etwas ist mit meinem Kopf geschehen." Sie versucht, sich zu erinnern. Es fällt ihr schwer, sich zu konzentrieren.

„Reiß dich zusammen, Monika", spricht sie zu sich selbst. „Jetzt unbedingt wach bleiben, nicht wieder abtauchen in diese schrecklichen Träume." Wieder und wieder schwirren ihr die wirren Bilder von hässlichen Dämonen durch den Kopf. Glupschaugen, aus einem wilden Schopf von Haaren hervortretend, und große Fangzähne, die hektisch über ihr klappern, eine Angst einflößende Vision. Zeitgleich tanzen auch noch andere schreiende Fabelwesen durch ihren Kopf. Noch schlimmer als diese Bilder sind die akustischen Sinneseindrücke. Es sind die fremdartigen Gamelan-Klänge, die Monika verfolgen, ein tiefer dumpfer Gong, gefolgt von dem nervösen Klimpern des Gambangs, einer Art Xylofon. Fordernd, getrieben, schnell dringen diese Töne im Rhythmus mit den hektischen Bewegungen der Ungeheuer auf sie ein.

„Wach bleiben, Monika", flüstert sie vor sich hin. Zwischendurch saugt sie immer wieder an dem Strohhalm. Sie hat absolut keine Ahnung, wie sie in diese Kiste gekommen ist. Das erste Morgenlicht steigt auf. Die Nacht ist vorbei und damit auch die Träume, hofft sie.

„Hallo, ist da jemand? Hallo, Hallllooo", schreit sie durch die Bretter ihrer Behausung. Sie versucht, sich zu drehen und zu wenden, aber vergeblich. Jetzt gesellt sich auch noch ein unsagbarer Juckreiz zu ihren Schmerzen und Unpässlichkeiten. Die Moskitos haben ihr in der Nacht ordentlich zugesetzt.

„Hallo, hört mich denn niemand? Hallo!" Sie schreit aus Leibeskräften, aber weit und breit scheint keine Menschenseele zu sein, die ihr hätte helfen können.

Tränen der Verzweiflung rinnen über ihr Gesicht, sie saugt weiterhin an ihrem Strohhalm, aber die Wasserquelle scheint versiegt. Sie denkt an Made Suma.

„Made, was hat das zu bedeuten? Was soll das? Warum bin ich hier eingesperrt? Hol mich hier raus! Jetzt sofort!" In ihrer Verzweiflung schreit sie laut, die Worte wiederholend, bis sie erneut in einen unruhigen Schlaf wegtaucht.

Ellen ist traurig. Sie weiß nicht, was sie tun kann. Ihre Freundin, ok, sie ist nicht direkt eine Seelenverwandte, aber in der letzten Woche sind sie sich nähergekommen. Ellen spürt, dass es Monika schlecht geht, und ihr Helfersyndrom meldet sich. Diese Frau braucht ganz dringend ihre Hilfe. Das ist sonnenklar. Ellen tigert durchs Haus und denkt:

„Was ist zu tun?" Es fällt ihr nichts Gescheites ein. Kurzentschlossen sagt sie zu Dieter gerichtet:

„Schatz, ich brauche einen Tapetenwechsel. Lass uns einen Familienausflug nach Nusa Penida machen. Die Hochburg der schwarzen Magie. Ich werde dort einen Tempel besuchen, derweil du dich unsagbar mit meiner Mutter vergnügst. Dort werde ich bestimmt eine Eingebung bekommen."

„Das nenne ich mal wieder unterhaltsame Detektivarbeit. Ich bin dabei. Wann gehts los?"

„Morgen früh, ich bestelle gleich Karten für die Fähre und rufe Mama an, dass sie ihre Siebensachen packt."

*E*llen, Dieter und Mama Miebach sitzen am Strand von Sanur im Schatten der Bäume und schauen auf das Meer. Man wartet auf das Auslaufen des Bootes, das die kleine Reisegruppe nach Nusa Penida bringen soll. Es ist Morgendämmerung. Eine wundervolle Zeit, die es lohnt zu erleben, wenn man es denn geschafft hat, rechtzeitig aufzustehen, wie es den Einheimischen eigen ist. Heute ist so ein Tag. Das Meer und der Horizont liegen in blassem Blaugrau, während der Himmel langsam an Couleur gewinnt, erst zart, pfirsichfarben, dann an Intensität zunehmend proportional mit dem Aufgehen der Sonne. Eine Gruppe älterer Männer badet in der kleinen Bucht, wo das Wasser seicht ist und es kaum Wellengang gibt. Sie sitzen auf dem Boden, lassen sich vom warmen Wasser umspülen und unterhalten sich. Weiter draußen im Meer, dort, wo genügend Tiefe ist, ankern die Boote. Fischerboote, Ausflugsboote und die großen Schnellboote. Am Horizont etwas links zeichnet sich der heilige Berg Gunung Agung dezent ab. Die Kuppe ist von den Wolken verdeckt. Doch bald lichtet es sich, der Krater wird oberhalb des Wolkenkranzes sichtbar, ein Bilderbucheindruck.

Dieter und Mama Miebach genießen diesen Moment, Ellen hingegen sorgt für Verpflegung. Sie kauft von einem fliegenden Händler frisch gekochten Reis mit verschiedenen Beilagen, eingepackt in ein Bananenblatt (Nasi Bungkus).

Süßlicher Räucherstäbchengeruch dringt in ihre Nasen. Mama Miebach dreht sich kurz um und sieht einen kleinen Mann mit riesigem weißem Turban, wie er sich an dem Tempelchen unter einem Baum zu schaffen macht. Er sortiert einige Opfergaben und bewegt dabei seine Glocke. Hierzu gibt er unheimlich klingenden Singsang von sich. Offensichtlich betet er. Der orientalische Geruch von Blüten und Räucherstäbchen, gepaart mit dem Klang der Glocke und der tiefen Stimme des Priesters, betäubt ihre Sinne. Dieser Moment am Strand, das Gewimmel der Leute, das Panorama, der betende Priester, der riesige, mit schwarz-weiß kariertem Stoff ummantelte Beringinbaum, der süßliche Geruch der Blüten aus dem Weihwasser (Thirta), dies alles lässt sie wie im Traum wandeln. Es ist die Summe all dieser Sinneseindrücke, die sich für immer in Maria Miebachs Gedankenwelt einprägen und synonym für BALI stehen werden.

Der Aufruf zum Boarding ertönt. Sofort ist allgemeine Aufbruchstimmung angesagt und die Idylle verflogen. Die Besteigung des Bootes stellt sich als etwas kompliziert heraus. Sie müssen, um das Boot zu erreichen, durch oberschenkeltiefes Wasser waten. Mama Miebach ist ausgerechnet heute mit einem bodenlangen Batikkaftan bekleidet. Kurzerhand, Gentleman auf der ganzen Linie, hebt Dieter die alte Dame hoch wie schon einmal praktiziert. Frau Miebach lässt es sich gerne gefallen, und im Nullkommanichts sitzen die beiden auch schon auf den besten Plätzen vorne am Fenster. Ellen, die erleichtert ist, dass alle gut im Boot verstaut sind, setzt sich eine Reihe hinter die beiden. Sie ist froh, nicht mit ihrer Mutter reden zu müssen, denn vor der nächsten Hürde graut es ihr schon. Sie versucht, diesen Zeitpunkt so weit wie möglich hinauszuzögern. Ellen hat ihrer Mutter verschwiegen, dass diese Reise total spontan ist und nichts, aber auch gar nichts vorbereitet ist. Weder Transport noch Unterkunft. Sie weiß selbst nicht, auf was sie sich da einlässt, sie selbst war noch nie auf Nusa Penida zuvor. Aber sie ist absolut furchtfrei vor dem, was sie erwartet. Es war keine Zeit für lange Vorbereitungen. Und sie möchte ihre Mutter nicht beunruhigen, denn das wäre Maria Miebach hundertpro, wenn sie nur wüsste.

Die Überfahrt in dem Speedboot geht relativ flott, allerdings mit mächtigem Seegang und heulenden Motoren. Das Meer ist tief in dieser Region, und starke Strömungen und Wellengang sind üblich. Mama Miebach hält sich krampfhaft an der Halterung des Vordersitzes fest und ist erst mal sprachlos. Dieter, der feststellt, dass Ellens Mutter etwas versteinert dasitzt und stur geradeaus nach vorne schaut, versucht, die alte Dame zu beruhigen.

„Keine Sorge, Frau Miebach, alles gut, alles ganz normal, schauen Sie sich an, wie der Kapitän und der Skipper sich fröhlich miteinander unterhalten."

„Nein, nein, ich habe keine Angst, ich fürchte nur, Übelkeit könnte mich überkommen. Ich hab's nicht so mit Schifffahrten, wenn ich auch aus Hamburg stamme." Ellen, vorausahnend, wie es nun mal so ihr Gespür ist, sucht schnell nach Papiertaschentüchern und packt die Reisbündel aus der Plastiktüte um in ihren Korb. Wieder eine Welle, die oben und unten zum Verwechseln ähnlich macht. Ellen reicht Tempotücher und Tüte über die Schulter ihrer Mutter. Dieter ist behilflich, hält der Mutter die Tüte hin, und bei der nächsten Welle setzt auch schon das Würgen ein.

„Au nein, auch das noch, arme Mama", geht es Ellen durch den Kopf, als sie ihr zärtlich über die Schulter streichelt. Während Mutter Miebach leidet, schaukelt das Boot weiterhin hoch und runter. In regelmäßigen Abständen verschwindet der Horizont und erscheint wieder. Die Gischt spritzt in die Fenster, die nicht alle verschlossen sind. Kapitän und Skipper lachen scherzhaft, während sie ihre Regenjacken überstreifen und dabei immer wieder vollkommen von der Gischt nass gespritzt werden, was sie lustig finden.

Mutter Miebach scheint das Schlimmste überstanden zu haben. Sie hat etliche Papiertaschentücher mit in der Plastiktüte verschwinden lassen und alles zugeknotet. Trotzdem liegt ein säuerlicher Geruch über den

Passagieren, der nicht einzig von Mutter Miebach auszugehen scheint. Sie fühlt sich zu elend, als dass sie diese Situation peinlich finden könnte. Der Seegang wird deutlich entspannter, das Boot macht einen Halbkreis und sortiert sich zum Anlegen. Nach einer Dreiviertelstunde Fahrt sind sie endlich im Hafen Toya Pakeh angekommen, der nur circa zwölf Kilometer von Bali entfernt liegt. Ein sonniger und verheißungsvoller Vormittag erwartet die drei Abenteurer.

„Wartet mal hier im Schatten, ich seh' nach, wo unser Fahrer bleibt", entfährt es Ellen spontan. Ohne auch nur auf eine Antwort zu warten, läuft sie schnell die Anlegebrücke hinab bis zu den Buden, die alles Mögliche vermitteln. Sie fragt sich durch, lässt sich mehrere Preise geben und entscheidet sich recht schnell für einen freundlich aussehenden älteren Mann, der einen blauen Minibus sein Eigen nennt. Sie winkt Dieter zu, der versteht ihr Zeichen sofort und macht sich auf mit Mutter Miebach, der es schon wieder besser geht, in Richtung Straße. Zum Fahrer gerichtet fragt Ellen:

„Ich bin mit meinem Mann und meiner Mutter hier. Wir möchten einfache, aber saubere Bungalows mit Blick aufs Meer, am besten am Strand. Können Sie mir etwas empfehlen?" Der Fahrer hat natürlich gleich die perfekte Lösung. Er preist nach bestem Wissen und Gewissen das Homestay seines Sohnes an, welches weit oben auf dem Hügel liegt, in einem kleinen abgeschiedenen Dorf. Ellen hat direkt abgewunken, es sei zu beschwerlich für ihre

Mutter, aber sie würde das Angebot gerne aufgreifen, wenn sie allein wiederkäme. Heute bräuchte sie etwas in der Nähe.

„Ja, dann gefällt Ihnen bestimmt das Blue Harbour, das ist nicht weit von hier, liegt direkt am Meer und hat sogar einen Swimmingpool."

„Hört sich perfekt an, schauen wir es uns an", meint Ellen.

Müde und angestrengt bewegt Frau Miebach jeden ihrer Schritte ganz langsam und wird dabei von Dieter gestützt. Die Zeichen der unruhigen Überfahrt stehen der alten Dame ins Gesicht geschrieben. Ihre Wangen sind aschfahl. Ellen ist etwas erschrocken, als sie diese Zeichen wahrnimmt. Sie fragt sich, ob sie der alten Dame zu viel zugemutet hat.

„Jetzt hast du es geschafft, Mama, unser Fahrer erwartet uns schon, gleich sind wir im Hotel, und da kannst du dich ausruhen." Mama Miebach nimmt alles wie durch einen Schleier wahr. Geräusche dringen abgedämpft in ihr Ohr. Die Sonne steht bald gleißend hell am Himmel. Ihre Augen, hinter der großen Sonnenbrille verborgen, haben ihre angeborene Wachsamkeit verloren. Alle Bewegungen ihres Körpers verlaufen mechanisch und wie in Zeitlupe ab. Die Funktion ihres Gehirns scheint auf vegetative Abläufe reduziert.

Nach einer Weile findet sie sich auf einer hölzernen Terrasse vor einem kleinen Häuschen wieder. Sie sitzt in einem bequemen Korbsessel.

Man hat ihr ein Glas lauwarme Coca-Cola verabreicht, die jetzt ihre Wirkung entfaltet. Ihr Blutdruck scheint sich wieder zu stabilisieren. Hinter einer Kulisse des Friedens und der Ruhe sitzt sie da und lässt ihren Blick über den hellen Sand und weiter über den kristallklaren Ozean gleiten. Im Hintergrund ist der Gunung Agung in seiner Erhabenheit zu erkennen. Dieser Anblick ist die Belohnung für die erlittenen Strapazen.

Fähre nach Nusa Penida

Blue Harbour Cottages

Nusa Penida bewahrt sich den altertümlichen Charme Balis versteckt vor den Blicken der Zivilisation. Nur die abenteuerlustigsten Menschen haben das Glück, dies erleben zu dürfen. Ellen führt ihre Mutter ins Zimmer. Sie hilft ihr, sich auf das Bett niederzulegen, schaltet die Klimaanlage ein und flüstert: „Ruh dich jetzt aus, Mama, schlafe etwas, ich bin hier bei dir." Keine zwei Minuten später vernimmt Ellen schon die gleichmäßigen Atemzüge ihrer Mutter, die von einem tiefen Schlaf zeugen. Sie geht wieder nach draußen auf die Terrasse, wo Dieter sich schon hungrig auf das mitgebrachte Essen gestürzt hat. Auch Ellen nimmt sich einen *Bungks* (in Papier gewickeltes Essen) und eine Flasche Aqua. Mit dem Wasser spült sie sich die Finger sauber, schüttelt die Tropfen ab in den Sand, dann hockt sie sich neben Dieter auf den Holzboden und lässt die Beine baumeln. Vorsichtig öffnet sie das Bananenblatt, nimmt den beigepackten Plastiklöffel heraus und schiebt sich den ersten Bissen des herzhaften Reisgerichtes in den Mund. Ohne ein weiteres Wort zu sagen, genießen die beiden das bescheidene, aber köstliche Mittagsmahl. Ihre Blicke gehen abwechselnd zum Reis und zum Horizont hin und her, langsam und gedankenversunken. Das kräftige Blau des Wassers und das monotone Rauschen der Brandung wirkt hypnotisierend.

Sie sitzen da und essen still vor sich hin, ohne auch nur einen Ton zu sagen. Es ist eine merkwürdige Stimmung, vertraut, gelassen.

Nach dem Essen springen beide kurz in den Pool zum Abkühlen und machen es sich auf den Liegen bequem. Eine leichte Brise weht vom Meer her. Ellen nimmt ihren Reiseführer in die Hand und murmelt: „Seit der Antike war Nusa Penida die Insel der schwarzen Magie. Der Legende nach wurde diese Insel von Dämonen und Hexenmeistern bewohnt. Einer wird so sehr gefürchtet, dass niemand sich wagt, seinen Namen zu sagen. Wusstest du das, Dieter?"

„Nö", kommt es zurück.

„Das habe ich im Reiseführer gelesen. Möchtest du mehr erfahren?"

„Klar doch, leg los", kommt es zustimmend zurück.

Ellen nimmt das Buch und liest:

„Jero Gede Mecaling war ein mächtiger Hexenmeister, der schwarze Magie praktizierte und Krankheiten und Unglück verbreitete. Die Einwohner von Nusa Penida sagen, dass Mecaling ursprünglich aus Bali, dem kleinen Dorf Batuan stammte, aber wegen seiner schwarzen Magie nach Nusa Penida verbannt wurde. Der wütende Hexenmeister beschloss, sich zu rächen, und sandte konsequent Krankheiten und Unglück an die Einwohner auf Bali. Eines Tages, als die Balinesen *Nyepi* (Neujahrsfest) voller Spaß und Freude feierten, beschloss Mecaling, sich zu rächen. Unerkannt unter der Maske eines falschen Barongs (Anführer der Heerscharen des Guten) ging er nach Bali, gefolgt von einer Armee von Dämonen. Die

Dämonen zerstörten alles, während ihr Meister auf seinen Sieg wartete. Seitdem ist das balinesische Neujahr ein Tag der Stille, niemand macht Lärm oder hat Spaß.

Am nächsten Tag gingen verängstigte Bürger zu einem Priester, um ihre Erlösung zu finden. Es gab nur einen Weg, Mecaling zu besiegen - ein anderer Barong musste erschaffen werden. Einer, der dem mächtigen bösen Geist standhalten konnte. Dies gelang, und Mecaling wurde mit seiner Armee zurück nach Nusa Penida gejagt. Aber leider konnte der epische Kampf nicht beendet werden. Hohepriester des benachbarten Königreichs Gelgel auf der Insel Bali kamen nach Nusa Penida, um die Insel zu reinigen und Mecaling zu verbannen. Dieses Ereignis gab der Insel ihren Namen Nusa Penida, „Die Insel der Priester". Seitdem dienen Barong-Masken zum Schutz vor bösen Geistern. Der schreckliche Mecaling wurde besiegt, aber man konnte ihn nicht vollständig vernichten. Ein Teil von ihm verweilt weiterhin und zeigt sich in Form von Krankheiten und unglücklichen Schicksalen.

Der Pura Ped Tempel bewahrt Mecalings mächtigen Geist, er ist die Kraftquelle für all diejenigen, die schwarze Magie praktizieren, und ein Wallfahrtsort für Gläubige, die Schutz vor Übel und Krankheit suchen. Es gibt einen feierlichen Ritus, den jeder balinesische Hindu in diesem Leben mindestens einmal durchführen sollte: eine Pilgerreise zum Pura Ped Tempel in Nusa Penida, dessen Energie die positive Seite der Göttlichkeit negativ ausbalanciert. Diese dünne, unsichtbare Welt ist in dunkle und helle Seiten unterteilt. Dämonen und Götter halten Gleichgewicht, das ein Gefühl von Ruhe und Harmonie vermittelt.

Es ist diese mysteriöse Insel Nusa Penida, die das balinesische spirituelle Glaubenssystem widerspiegelt. Das Universum ist ein Gleichgewicht von Licht und Schatten, eines kann ohne das andere nicht existieren. Das Streben nach dem Licht schließt den Respekt vor der Dunkelheit als ein nicht zu leugnender Teil der Welt mit ein."

Ellen klappt das Buch zu und ergänzt abschließend: „Auf zum Ped Tempel", bevor ihre Sinne abschalten und eine schwere Müdigkeit sie überkommt. Sie fällt in einen kurzen, traurigen Traum. Eine furchterregende Szene verschafft sich Eintritt in ihr Gehirn. Sie sieht Monika an einer Steilklippe hängen, sich an einer Wurzel festhaltend. Sie hört, wie ihre Freundin immer wieder nach Made ruft, weiter aber nichts passiert. Sie selbst befindet sich hingegen auf der gegenüberliegenden Seite des Tales und versucht, Monika zum Durchhalten zu motivieren, aber ihre Stimme verhallt ungehört, die Entfernung ist zu groß. Sie sieht ihrer Freundin hilflos zu, wie diese um ihr Leben ringt.

Plötzlich wacht sie auf und ist erst mal froh festzustellen, dass es sich nur um einen Albtraum handelte. Sie nimmt einen Schluck Wasser, dann geht sie in ihren Bungalow, um zu duschen. Aber der Gedanke an Monika geht ihr nicht mehr aus dem Kopf. Während sie ihr Shampoo verteilt und ihre Kopfhaut ordentlich und länger als gewöhnlich massiert, überlegt sie die nächsten Schritte. Zuerst wird sie Made anrufen, dann Pak Albertus. Sie will den neuesten Stand der Entwicklungen erfahren. Danach wird sie für die Mama Verpflegung besorgen.

Das Glück ist auf Ellens Seite. Alles hat sich zufällig und optimal aneinandergereiht. Es ist der Mutter nicht aufgefallen, dass alles unvorbereitet war. Nichts ist Ellen mehr unangenehm als zugeben zu müssen, dass sie mit der Planung versagt hat. Mutter Miebach stellt Ansprüche, die erfüllt werden wollen, sonst geht die alte Leier wieder los. Dieses Hotel ist absolut sauber und komfortabel, ohne luxuriös zu sein, daher bezahlbar. Und die Lage, direkt am Strand! Besser hätten sie es nicht treffen können. Sie meldet sich kurz bei Dieter ab, der mittlerweile mit einem Buch in einer Hängematte baumelt. Auf dem Weg zur Straße drückt sie Made Sumas Nummer.

„Hi Made, hast du was von Monika gehört?"

„Hi Ellen, nein, leider nicht, ich habe alle Namen, soweit sie mich betreffen, von der Namensliste abgearbeitet. Was machen wir jetzt? Ich weiß nicht mehr weiter. Wenn sie entführt wurde, dann würde sich doch der Erpresser melden. Es macht alles überhaupt keinen Sinn. Hast du Kontakt mit ihrer Familie? Vielleicht ist sie ja nach Deutschland geflogen."

„Hast du mal in ihren Sachen gestöbert, ob ihr Reisepass noch da ist?"

„Ich hab nichts gefunden, aber sie hat einen Safe, da komm ich nicht dran."

„Hast Du dich mal in deinem Dorf umgehört, ob sich was Merkwürdiges ereignet hat?"

„Nein, weshalb auch, die haben doch gar nichts mit Monika zu tun."

„Mach es einfach, wir sollten alles in Erwägung ziehen."

„Wenn du meinst, ok, ich fahre heutel ins Dorf und höre mich um."

„Gut, mach das. Ruf mich an, wenn sich was ergibt. Ich bin auf einem Familienausflug, komme in zwei Tagen zurück. Tschau Made."

„Ja, tschau und ok. Wir sprechen uns bald".

Ellen ist in einem kleinen Restaurant und ordert *Nasi Goreng* und *Capcay*, gebratenen Reis und gemischtes Gemüse. In einem Supermarkt Mart kauft sie Kaffee, Milch, Cornflakes, Toast und Schokostreusel, Wasser und Bananen. Bepackt mit all den Sachen kehrt sie zum Bungalow zurück. Sie trifft ihre Mutter auf der Terrasse sitzend glücklich lächelnd an.

„Na, Mama, hast du dich erholt? Ich habe dir etwas zu Essen beschafft."

„Das ist gut, ich habe einen Riesenhunger jetzt und bin zu faul, mich von dieser hübschen Terrasse fortzubewegen. Es ist herrlich hier."

„Das habe ich mir schon gedacht. Ich werde später mit Dieter noch mal rausfahren zu einem Tempel, da bleibst du besser hier."

„Ja klar, macht, was ihr wollt, ich bin hier gut aufgehoben. Ich werde später, wenn die Sonne nicht mehr brennt, einen Strandspaziergang unternehmen und Korallen und Muscheln sammeln, von denen es hier unzählige zu geben scheint." Ellen setzt die Einkaufstasche auf den Tisch und holt die heißen Speisen heraus und füllt sie um auf einen Teller, den sie auf der kleinen Minibar findet. Daraufhin wünscht sie einen guten Appetit, verabschiedet sich und eilt zu ihrem Bungalow hinüber.

„Jetzt haben wir den Beweis, dass Monika entführt wurde", ruft sie Dieter zu, dessen Kopf aus der Hängematte herauslugt. „Und Made kann nicht mehr auf der Theorie rumreiten, Monika sei auf eigene Faust verschwunden." Sie berichtet Dieter von den Telefongesprächen, die sie geführt hat. Von dem Detektiv hat sie erfahren, dass man Monikas Motorrad gefunden hat, in einer Einfahrt neben einem Geschäft in Petitengat. Man untersucht es jetzt auf Fingerabdrücke.

„Na ja, Made könnte immer noch behaupten, Monika würde eine Entführung nur vortäuschen", kommt es dumpf aus der Hängematte.

„Ja, das wäre möglich. Ich traue Made Suma nicht über den Weg. Er macht sich immer mehr verdächtig. Ich werde Pak Albertus von meinem Verdacht erzählen. Er könnte Made vielleicht beschatten lassen. Jetzt aber raus aus der Hängematte, Aufbruch ist angesagt."

„Gib mir fünf Minuten", kommt es zurück.

An der Rezeption mieten sie ein Moped. Ellen hat sich erkundigt, der Tempel Ped liegt nur einige Kilometer entfernt. Supereasy zu finden, lediglich immer nur der Hauptstraße entlang. Diesmal sitzt sie vorne und Dieter ist der Sozius. Ellen ist mal wieder ganz in ihrem Element und furchtbar aktiv, da lässt sich Dieter lieber kutschieren. Sie fahren auf der kleinen Strandstraße parallel zum Meer. Vor ihnen liegt jetzt eine scharfe Rechtskurve. Ein kleiner, blauer Pick-up kommt ihr entgegen. Ellen geht mit dem Tempo runter, erschrickt aber trotzdem, als plötzlich vor ihr ein Moped mitten auf ihrer Fahrbahn entgegenkommt in der Absicht, den Pick-up in der Kurve zu überholen. Instinktiv macht sie einen Schlenker nach rechts. Die Fahrerin bremst stark und macht einen ähnlichen Schlenker, um einen Zusammenstoß zu vermeiden. Das Mädchen, die Augen weit aufgerissen, sieht Ellen für einen Moment direkt in die Augen, dann ist sie verschwunden.

18 EIN VERDACHT

*M*onika fällt immer wieder in wirre Träume, kurz unterbrochen von schmerzhaften Wachzuständen. Man hat sie aus der Kiste herausgeholt und an einen anderen Ort gebracht. Sie kann sich aber nicht erinnern, wie lange sie unterwegs war und ob Gespräche stattgefunden haben. Sie vermutet, man stellt sie immer wieder mit Schlafmitteln still. Es könnte sein, dass die Tabletten in kleinen Dosen im Trinkwasser aufgelöst verabreicht werden, dies würde ihren ständigen Dämmerzustand erklären.

Man hat sie wachgerüttelt, und mit verbundenen Augen musste sie circa eine halbe Stunde laufen. Sie ist immer zwischendurch hingefallen oder zusammengeknickt. Ihre Aufpasser haben aber nicht gesprochen, sie wurde nur immer geschubst von hinten, wenn sie stehen bleiben wollte. Schließlich musste sie eine Leiter hochklettern. Jetzt liegt sie auf einer Art Pritsche. Ihre Augen sind immer noch verbunden und ihre Handgelenke sind mit einem Seil verknotet und an der Liege befestigt. Sie glaubt, sich jetzt in einer Strohhütte zu befinden, der Geruch ist etwas muffig und erinnert sie an feuchtes Stroh.

Was hat man vor? Wer hat sie hier eingesperrt? Sie versteht das Ganze nicht. Sie hat fürchterliche

Angst vor jeder Nacht, denn dann kommen die Gespenster wieder. Grauenhafte Musik, Fackeln und Masken. Sie weiß nicht, ob sie dann jedes Mal träumt oder ob das Spektakel tatsächlich stattfindet. Jedenfalls kommt ihr alles sehr real vor. Kann sie die Wirklichkeit nicht von Traum unterscheiden? Wird sie langsam verrückt?

Es wurde ihr ein Teller mit *Lemper* hingestellt, das sind im Bananenblatt gedämpfte Reiskuchen, gefüllt mit einer würzigen Masse aus Kokosraspeln und Hühnchenfleisch. Dazu einige Flaschen Wasser. Die Hand- und Fußfesseln sind gerade so weit, dass sie die Nahrung erreichen kann. Auch steht ein Eimer da für ihre Notdurft. Man hat ihr sogar andere Kleidung angelegt, eine schwarze Jogginghose und ein schwarzes T-Shirt. Offensichtlich rechnet man mit einer längeren Gefangenschaft. Als sie heute Morgen aufwachte, stellte sie fest, die Augenbinde war nicht mehr da. Ganz vorsichtig nur wagte sie, die Augen zu öffnen. Das Licht fraß sich regelrecht in ihre Pupillen. Schnell kniff sie die Lider wieder zu. Auch machen ihre Beine Probleme, sie waren zu lange angewinkelt und die Muskulatur hat sich dementsprechend verändert. Eine normale Haltung einzunehmen ist unmöglich. Ganz langsam, Stückchen für Stückchen, arbeitet sie sich voran. Behutsam startet sie einen neuen Versuch zu blinzeln. Mit unsäglicher Disziplin gewöhnt sie sich langsam sowohl an das Tageslicht als auch an eine halbwegs normale Körperhaltung. Sie will sich mit der konstanten Wiederholung von Übungen dieser verhexten Lage ermächtigen, zumindest mit ihrem Geist.

Nach einer Weile ist sie in der Lage, den Raum genauestens zu inspizieren. Dieser Ort ist tatsächlich eine Strohhütte mit einer kleinen Fensteröffnung. Das eigentliche Fenster hat keine Glasscheibe, sondern der Holzrahmen ist mit einem Bambusgeflecht versehen. Das Fenster ist verschlossen. Tageslicht strömt allein durch die Dachschräge. Ebenso verhält es sich mit der Tür. Die Wände bestehen aus dem gleichen Material wie Fenster und Tür. Das Dach wird von vier Bambusstämmen gestützt. Die Grundfläche der Hütte beträgt maximal zweimal zweieinhalb Meter. Es gibt keine Anzeichen von einer Lampe und keinerlei anderen Gegenständen.

Sie versucht es noch mal mit Rufen, erst leise und zaghaft, dann immer lauter und wilder schreiend ruft sie nach Made Suma. Aber ihre Stimme versiegt ungehört.

Als Ellen und Dieter im Tempel Ped ankommen, finden sie die Anlage recht gewöhnlich vor. Sicherlich, der Eingangsbereich ist imposant mit den drei riesigen Toren. Doch hatte Ellen angenommen, etwas Gespenstisches oder Dunkles zu entdecken, deswegen ist sie auch besonders froh, dass sie Dieter dabeihat. Aber das Gegenteil ist der Fall. Der Tempel erscheint wie eigentlich jeder andere in Bali. Nichts Außergewöhnliches.

„Dieses Gebäude ist also dem Bösen gewidmet", spricht sie eher zu sich selbst als zu ihrem Freund. Sie gehen um die Anlage herum, die wie verlassen da liegt. Sie stoßen auf einen kleinen Warong mit einer alten Frau darin. Die Frau hat weißgraues Haar zu einem kleinen Dutt auf dem Kopf zusammengeknotet wie ein kleines Krönchen. Zwei Blüten stecken darin und auf der Stirn kleben einige Reiskörner. Ihr Oberkörper ist unbedeckt, wie das häufig noch vorkommt bei alten Balinesinnen. Ein Überbleibsel aus einer paradiesischen Zeit. Ihre ausgetrockneten Brüste hängen in überdehnten Hautlappen herab. Kein ästhetischer Anblick, aber für die Leute hier ist das total normal. Ihr Unterkörper ist mit einem Sarong umwickelt, der mit einer Schärpe in der Taille gehalten wird. Freundlich richtet Ellen ihre Frage an die Frau.

„Guten Tag, wir würden gerne den Tempel besichtigen und mit jemandem sprechen, der mit der Anlage vertraut ist. Meinen Sie, das ist möglich?"

Die alte Frau antwortet mit einem zahnlosen Lächeln, unterbrochen von einem Redeschwall auf Balinesisch, den Ellen überhaupt nicht versteht. „Hm, na gut, sollte nicht sein." Ihr Handy meldet sich. Ellen bedankt sich bei der alten Frau und richtet ihren Blick auf das Display. Zu Dieter gewandt spricht sie: „Es ist Made Suma!"

Schnell stellt sie das Volumen laut, bevor sie spricht: „Ja Made, was gibts Neues?"

„Hi Ellen, ich war doch heute in Sumampan. Ich hab mich etwas umgehört, weißt du. Niemandem hier im Dorf ist etwas Eigenartiges aufgefallen."

„Hm, schade, wäre schön, wir hätten einen Ansatz", kommt es von Ellen prompt zurück.

„Nur eine Sache ist mir etwas schleierhaft."

„So, was ist es denn, Made?"

„Meine Schwester, sie fragte mich dummes Zeug. Sie fragte mich doch im Ernst, ob ich denn jetzt wieder ins Dorf ziehen würde, wo Monika nicht mehr da ist."

„Was? Warum das denn?"

„Ja, ich fand's unpassend, wo wir doch nach Monika suchen. Ich reagierte etwas ungehalten und fragte sie, wie sie auf diese Idee käme."

„Das ist in der Tat merkwürdig. Was hat sie denn geantwortet?"

„Meine Schwester meinte nur, na ja sie würde sich halt freuen, wenn ich wieder im Dorf leben würde. Ich hab sie direkt gefragt, ob sie was mit dem Verschwinden zu tun hat. Aber das hat sie kräftig abgestritten."

„Absolut merkwürdig! Made, ich weiß, es handelt sich um deine Schwester, aber sie macht sich verdächtig, deshalb, bitte bleib dran. Beobachte sie, notfalls beschatte sie!"

*D*ie beiden Freizeitdetektive setzen sich auf die kleine Holzbank vor dem Warung und bestellen sich einen Kaffee. Das bekommt Ellen noch geradeso hin. Das Wort *„kopi"* kann wohl jeder verstehen.

Das Antlitz der alten Frau ist fein und mit einer kleinen Nase ausgestattet. Sicherlich war sie mal eine sehr hübsche Frau. Die Augen liegen hinter hängenden Lidern verborgen, erwachen aber urplötzlich und bilden zwei dunkle Punkte in dem von tausend Fältchen übersäten Gesicht. Sie grinst und die wackligen Zähne geben den Anschein, als wollten sie gleich aus dem Mund fallen. Aber anscheinend erfüllen sie noch so manchen Dienst.

Sie nimmt zwei etwas schmierige Gläser, füllt jeweils einen Teelöffel Kaffee und zwei Teelöffel Zucker hinein, dann füllt sie das Ganze auf mit dem Wasser aus einer Thermosflasche. Sie rührt kräftig um. Sowohl Ellen als auch Dieter sind nicht mehr so zimperlich, was Reinlichkeit angeht, dafür leben sie schon zu lange auf Bali. Die alte Frau kommt nun um die Ecke, umhüllt von dem Geruch ranzigen Kokosnussöls, und stellt die beiden Gläser neben ihnen ab. Wieder ein kurzes, zahnloses Lächeln. Nach alter Tradition pflegen die Menschen hier ihr Haar und das ihrer Kinder mit Kokosnussöl. Wenn dieses nicht schon von vorneherein ranzig ist, dann wird es das bestimmt recht schnell, wenn es ein, zwei Tage und mit Schweiß vermischt im Haar bleibt. Für Balinesen ist dieser Geruch nicht ungewöhnlich und auch nicht unbedingt unangenehm im Gegensatz zu unsereinem. Heutzutage ist dieser Brauch aber nur noch selten und eher bei der älteren Generation anzutreffen. Ellen nickt und lächelt zurück. Jetzt verfällt die Frau wieder in einen Redefluss ohne Ende. Sie nimmt dabei Ellens Hände in ihre, welche braun gebrannt und zerfurcht von der Arbeit und mit teilweise langen, schmutzigen Fingernägeln bestückt sind. Mit der rechten Hand zeigt sie erst auf sich und dann mit einem lässigen Schwung in Richtung nach hinten. Anschließend weist sie verlegen mit dem Aufschlag ihrer Augen auf Ellen, Balinesen würden nie mit dem Finger auf andere Leute zeigen, und deutet dann auf die Bank hin.

Ellen begreift sofort, was die alte Dame ihr sagen möchte, und nickt ihr Einverständnis signalisierend. Dieter sieht Ellen sprachlos an.

„Was gibt das jetzt? Na egal, wir trinken erst mal den prächtigen Kaffee und genießen", kommentiert der Berliner. Dann sinniert er:

„Was hältst du von Made Sumas Anruf, Ellen?"

„Es könnte ein Hinweis sein. Aber warum hätte seine Schwester ein Interesse daran, Monika etwas anzutun oder zu entführen? Kann ich mir nicht vorstellen. Monika hat immer nur Gutes von Mades Familie erzählt. Seine Eltern waren mit der

Beziehung einverstanden. Mit den Schwestern hat sie sich auch gut verstanden. Also kein Stress diesbezueglich."

Pura PED

Die beiden sind so ins Gespräch vertieft, da kommt plötzlich ein kleines Mädchen um die Ecke. Es hat ein übergroßes, verwaschenes T-Shirt an und darunter eine dreiviertellange Baumwollhose mit rotem Blümchenmuster auf hellem Grund. Sie mag vielleicht zehn Jahre alt sein, ist eventuell auch älter. Ihre Haare sind glatt zu einem Pagenkopf geschnitten, der gerade mal über die Ohren reicht. Die Menschen, solange sie den Zenit nicht überschritten haben, sehen fast immer jünger aus. Ab der zweiten Lebenshälfte verhält es sich umgekehrt proportional. Das Mädchen spricht ohne Scheu:

„How are you? I am very well", und lächelt erfolgsgewohnt. Ellen ist verblüfft über den unerwarteten Besuch, den die alte Frau arrangiert hat.

„My name Komang", und weiter auf Indonesisch, das Ellen leicht verstehen kann: „Meine Urgroßmutter hat mich gerufen, ich soll übersetzen. Meine Urgroßmutter versteht kein Indonesisch."

„Meinst du, sie könnte uns etwas über den Tempel erzählen?"

„Ja klar, meine Uroma ist die beste Geschichtenerzählerin von Nusa Penida," ertönt es stolz aus der Kinderbrust.

„Was möchtet ihr denn hören?"

„Wir würden gerne etwas über I Gede Mecaling erfahren." Erschrocken läuft das Mädchen zu ihrer

Urgroßmutter. Sofort ertönt ein aufgeregter Dialog, der mit Überraschung und Neugierde gespickt sein muss, so hört es sich jedenfalls an. Was wollen diese *Bules* (weiße Ausländer) hier überhaupt? Das Mädchen kommt zurück und sagt:

„Kommt morgen um 8 Uhr hierher, meine Urgroßmutter wird euch zum Tempel begleiten. Dort werdet ihr unseren Priester treffen. Ihr könnt ihn vielleicht befragen." Daraufhin verschwinden die beiden nach hinten. Dieter legt einen Geldschein auf den Tisch, danach machen sich die beiden, überrascht über die heftige Reaktion, dennoch zufrieden mit der Hoffnung auf Fortsetzung, auf den Weg zurück zum Hotel.

Am nächsten Morgen bereiten sich die drei Deutschen auf das Treffen mit dem Priester vor. Ellen ist etwas aufgeregt. Mama Miebach hingegen neugierig bis dorthinaus. Alle haben sich tempelmäßig fein gemacht, so mit *Kebaya, Sarong* und Schärpe. Alles kurzerhand gemietet. An der Rezeption wird ein Taxi gechartert und auf gehts. Am *Warong* angekommen, treffen sie direkt die Urgroßmutter und ihre Urenkelin. Auch die beiden sind mit *Sarong* und *Kebaya* bekleidet. Ellen stellt der alten Frau ihre Mutter vor, einige Floskeln werden im gegenseitigen sprachlichen Unverständnis mit Gestik komplimentiert.

Die ungewöhnliche Gruppe nähert sich langsam dem Eingangsbereich des Tempels. Das Mädchen, welches sich Komang nennt, geht vorneweg. Ellen hat total vergessen, dass sie ihre Periode hat, das bedeutet, sie darf nicht mit in den Tempel. Enttäuscht sucht sie sich ein schattiges Plätzchen und betrachtet die drei riesigen, üppig verzierten Tore ausführlich, während sie sich Notizen macht in ihrer Krimikladde. Dieter und Mama Miebach folgen der alten Frau und dem Kind in den Innenbereich. Ein Priester hat einige Blumenopfer an einem Altar arrangiert, kniet nieder und betet. Es gibt eine vorgeschriebene Reihenfolge, wie man in der Tempelanlage alle Untertempel besucht und seine Ehrerbietung macht. Die alte Frau bietet schweigend den Gästen je ein Palmblattschälchen mit Blüten und Räucherstäbchen an, dann fordert sie die Gäste auf, sie nachzuahmen. Sie gesellt sich neben Mutter Miebach und gibt Hilfestellung. Maria Miebach ist konzentriert bei der Sache, bemüht, alles richtig zu machen. Während der Priester *Lontar* Psalme singt und abwechselnd seine golden glänzende Messingglocke bewegt, halten die Betenden eine Blüte zwischen den Fingern, die dann nach jeder Gebetsrunde auf den Boden fallen gelassen wird. Dieser Vorgang wiederholt sich, bis das Körbchen leer ist. Zum Schluss kommt die alte Frau, die jetzt als Tempeldienerin fungiert, mit Weihwasser (Thirta) und besprenkelt die Betenden. Anschließend wird ihnen etwas Reis gegeben, den sie sich mit dem Weihwasser auf Stirn und Schläfen kleben.

Nach diesem kleinen Begrüßungsgebet richtet Dieter die Frage an den Priester, ob es erlaubt sei, sich umzusehen. Der Priester, *Mangku* genannt, ist freundlich und hilfsbereit. Erfreut führt er die beiden Ausländer durch die Anlage.

„Die Tempelanlage ist weitläufig und authentisch balinesisch gestaltet. Es gibt fünf Unterbereiche in diesem Tempel, hervorzuheben sind davon drei. Der erste ist Pura Segara, er ist dem Gott des Ozeans geweiht. Die Einwohner von Nusa Penida haben eine starke Verbindung zum Meer im Gegensatz zu den Menschen auf Bali. Dieser Tempel befindet sich im Norden nahe der Küste. Hier kann man das Aufschlagen der Wellen hören. Im Süden befindet sich Pura Taman, ein Tempelgarten mit einem Teich voller Lotuspflanzen, der die Opferstätten im Inneren umgibt. Der Haupttempel befindet sich im westlichen Teil. Er ist Ratu Gede Mecaling geweiht, das Symbol für Nusa Penidas magische Kraft.

Ellen sitzt draußen und studiert eingehend alle Details und lässt sie auf sich einwirken. Die mächtigen Eingangstore, besonders das mittlere mit der geschnitzten Tür, haben es ihr angetan. Rechts und links des Haupteingangs sind schwarz-weiß karierte Schirme angebracht, unter denen jeweils eine Steinfigur, ein sogenannter Tempelwächter, steht. Diese recht grimmig aussehenden Kameraden sind mit einem Sarong bekleidet aus dem gleichen Material wie die Schirme. Zusätzlich tragen sie eine rote Schärpe um den Bauch. Davor wiederum stehen prächtige Opferschreine aus Stein geschnitzt. Darauf steht jeweils ein Tongefäß, in dem Räucherstäbchen glimmen. Diese Schreine sind in der gleichen Weise schwarz-weiß eingekleidet. Das Ensemble der Vorderfront manifestiert sich als imposantes Gebilde, verstärkt wird der Eindruck durch die schwarz-weißen Akzente.

Ellen macht sich eine Skizze und Fotos. Sie notiert einige Fragen, die ihr hierzu einfallen und die sie später von dem Priester beantwortet haben möchte. Frauen kommen und gehen mit Opfergaben auf dem Kopf. Manche in Begleitung ihrer Kinder oder Männer. Es scheint dies der alltägliche Ablauf zu sein, keine besondere Festlichkeit.

Nach einer Weile erscheinen Dieter und Mutter Miebach wieder in der mittleren Tür, sie winken Ellen zu und warten einen Moment, dass Ellen schnell ein Erinnerungsfoto schießen kann. Dann schreiten sie mit fast balinesischer Eleganz die Stufen herab.

„Ellen, du hast was verpasst", tönt es aus Maria Miebachs Mund. „Einfach zauberhaft, und der Priester hat uns sogar rumgeführt und die Anlage erklärt."

„Es freut mich zu hören, dass es dir gefallen hat, Mama."

Sie sitzen alle drei vereint im Schatten, trinken ihr Aqua aus der Flasche und warten darauf, dass die alte Frau und der Priester wiedererscheinen. Die

Schwüle macht ihnen zu schaffen. Maria Miebach fächert sich etwas Kühlung zu mit der Straßenkarte, die sie im Hotel erhalten hat.

Aber es dauert nicht lange und ihre Warterei wird belohnt. Der Priester erscheint und dahinter die alte Frau und das Kind. Der Priester nickt ihnen freundlich zu, macht aber keine Anstalten, auf sie zuzugehen. Stattdessen packt er in Ruhe seine Sachen zusammen und verschwindet auf der Dorfstraße. Ellen zeigt sich enttäuscht. Aber siehe da, das kleine Mädchen kommt auf sie zu gelaufen:

„Mister, you want talk to Mangku? Please come!" Sie fasst Ellen an der Hand und zieht sie hinter sich her, als ob sie es kaum erwarten könne, Ellen ans Ziel zu bringen. Ellen an der Hand des Mädchens, gefolgt von ihrer Mama und ihrem treuen Freund, bewegt sich dieses seltsame Grüppchen die Dorfstraße entlang. Dort, wo die Straße eine leichte Krümmung macht, biegen sie nach links in einen kleinen Seitengang. Sie sehen schon den Mangku vor der Tür seines Hauses stehen. Als die Gruppe das Haus erreicht hat, bittet der Mangku sie ins Haus.

Made Suma hockt auf der *Bale Gede* seines Elternhauses und ist müde, erschlagen und kraftlos. Man könnte annehmen, deprimiert. Das Verschwinden seiner Freundin geht ihm sehr nahe. Auch weiß er gar nicht, wie er dies alles einzuschätzen hat. Der Gedanke, sie könnte ihn verlassen haben, macht ihn wütend. Dann braust er auf, um gleich darauf wieder in ein Loch zu fallen. Arbeiten ist für ihn jetzt absolut nicht möglich. Er lenkt sich ab, indem er sich mit seinen Freunden abends trifft. Jetzt ist er hier in seinem Elternhaus, raucht, trinkt einen Kaffee und schaut ins Leere. Er hat noch mal mit seiner Schwester gesprochen. Das Gespräch ist etwas unglücklich verlaufen. In dem Moment, in dem er Wayan Sri vorgeworfen hat, etwas mit Monikas Verschwinden zu tun zu haben, ist sie mittendrin heulend davongelaufen. Als er fertig geraucht und den letzten Schluck Kaffee geschluckt hat, schlendert er ein paar Schritte zur Küche *(Paon)* hinüber, um etwas zu essen. Da sieht er seine Schwester über den Hof eilen und durch das Eingangstor verschwinden. Er folgt ihr unauffällig in einigem Abstand. Er sieht, wie sie zur Hauptstraße läuft und dann in einem kleinen Gang verschwindet, daraufhin verliert sich ihre Spur.

„Mist, na warte, bis du zu nach Hause kommst, das wird ungemütlich für dich."

Die drei deutschen Abenteurer lauschen indessen den Ausführungen des Priesters. Sie haben bisher einiges über das Kernproblem der Insel Nusa Penida und ihre Einwohner erfahren.

Nusa Penida gehört zu Provinz Klungkung und wird von dort aus verwaltet. Die Bevölkerung, obwohl sie wie auf der Hauptinsel Bali Hindu Dharmas ist, allerdings ohne das Kastensystem, befindet sich im steten Bestreben zur Unabhängigkeit. Die Menschen fühlen eine Neigung der

Nichtzugehörigkeit zu Bali. Dieses Gefühl lässt sich geografisch und geschichtlich begründen.

Die Meerestiefe zwischen den Inseln ist extrem tief und vermittelt den Einwohnern ein sogenanntes „Ozeangefühl", eine Trennung durch den Ozean. Mit anderen Worten, es ist kein Gefühl von Landbindung zu Bali vorhanden. Nicht wie es normalerweise bei kleinen Atoll-Inseln der Fall ist, wo man schnell mal mit dem Fischerboot aufs Festland kommt. Bei Nusa Penida und seinen kleinen Nebeninseln Lembongan und Ceningan ist das nicht der Fall. Der Ozean ist nicht einfach zu überwinden, es braucht traditionsgemäß seefahrerisches Geschick. Hinzu kommt die Tatsache, dass die Menschen in Nusa Penida Nachkommen politischer Sträflinge sind, die vor vier Jahrhunderten aus Bali verbannt wurden. Dies geschah während der Klungkung-Dynastie, und seither entwickelten die Einheimischen von Nusa Penida eine eigene kulturelle Identität. Es erscheint klar, dass die Beziehung zwischen Bali und Nusa Penida von Eroberungsbewegungen und Befreiungsbemühungen geprägt ist, das Stigma der Vergangenheit. Hinzu kommt eine hieraus entstandene wirtschaftliche Abhängigkeit, eine Benachteiligung, die mit Armut verbunden ist. Dies haftet den Menschen immer noch an. Pessimismus und Minderwertigkeitsgefühle sind nicht selten gesehen.

Der *Mangku* (Priester) und seine Gäste sitzen auf der westlichen *Bale* seines Hauses (*Bale Kauh*).

Dieser Teil ist traditionell Besuchern vorbehalten. An einem Ende auf einer Bastmatte sitzt der Mangku im Schneidersitz, derweil die Gäste auf einer anderen Matte gegenüber Platz nehmen. Ein Regenschauer prasselt nieder, welcher das Zuhören erschwert. Es werden süßer, lauwarmer Ingwertee gereicht und einige gerösteten Erdnüsse. Die Darlegungen des Mangku sind informativ und spannend zugleich. Er spricht Englisch mit starkem Lokalkolorit, aber einwandfrei verständlich. Ein gebildeter Mann, der Hinduismus an der balinesischen Fakultät in Denpasar studiert hat. Sein schwarzes Haar unter der weißen Kopfbedeckung ist mit grauen Strähnen durchsetzt, sein ebenmäßiges Gesicht mit einigen Falten verrät Erfahrung, Geduld und Weisheit. Es prasselt immer noch als Dieters Magen sich mit Geknurre meldet.

„Ellen, meinst du nicht, wir haben die Gastfreundschaft des Mangkus genug strapaziert? Es ist Essenszeit und er hat bestimmt Hunger."

„Ja, du hast vollkommen recht. Ich bin total fasziniert von der Erzählung, dass ich Raum und Zeit vergessen habe. Lass uns aufbrechen". Sie bedanken sich bei dem freundlichen Herrn, der wiederum Ellens ausgesprochenes Interesse erkannt hat und sie morgen zu einer zweiten Sitzung eingeladen hat.

„Terima kasih Pak, seribukali. Dengan senang hati kami akan datang besok lagi. (Tausend Dank, Herr, und herzlich gerne werden wir morgen wiederkommen)."

*M*ade Suma sitzt in der *Bale* und hält Gericht über seine Schwester. Es ist schon spät, circa 22 Uhr, als Wayan Sri endlich zurückkommt von ihrem fluchtartig ergriffenen Ausflug. Made hat in der *Bale Gede* auf sie gewartet, alle Lichter ausgeschaltet, sodass sie ihn nicht erblicken konnte, als sie nach Hause kam. Er hat sie überrascht und ihr keine Möglichkeit für eine Flucht gegeben.

„Und jetzt sagst du bitte, was los ist! Raus mit der Sprache und keine Ausflüchte." Er hält seine Schwester an den Handgelenken, während sie beide auf dem Boden der Bale hocken. Still ist es in dem Anwesen, obwohl alle Familienmitglieder zu Hause sind. Aber niemand ist zu sehen. Alles ist dunkel bis auf einige wenige Lampen, die spärlich ihr Licht abgeben. Made ist sicher, dass die ganze Familie zuschaut hinter den Fenstern. Man mischt sich nicht ein, dies ist ein Anliegen zwischen Bruder und Schwester.

„*Mbok Yan*, was hast du zu verbergen? Wo warst du gewesen heute?"

Obwohl er wütend und ungehalten ist, spricht er seine Schwester mit Schwester Yan an, denn sie ist älter als er. Das verlangt der Respekt vor der Altershierarchie, die in der balinesischen Kultur verankert ist.

„Di rumah teman, im Haus einer Freundin."

„So? Welche Freundin? Wie heißt sie?"

„Ich, ich habe versprochen, nichts zu verraten", entgegnet sie eigenwillig.

„Nichts zu verraten? Was gibt es denn, bitteschön, nicht zu verraten? Sprich's endlich aus, ich hab keine Lust, dir jedes Wort aus der Nase zu ziehen."

„Bitte Made, lass mich in Ruhe, Monika geht es gut, aber bitte lass mich in Ruhe, ich werde nichts mehr sagen, ich habe es versprochen."

„Wie heißt deine Freundin, sag es endlich, ich habe keine Lust mehr auf diesen Kinderkram."

Da kommt ihr Vater von hinten und fragt streng: „Was ist hier los? Warum streitet ihr euch? Made, warum sprichst du so schroff zu deiner Schwester?"

In dem Moment versucht Wayan Sri, Krokodilstränen vorzutäuschen.

„Sie hat etwas mit dem Verschwinden meiner Freundin zu tun und will es nicht zugeben. Bitte frag du sie, *Ayah* (Vater). *Mbok* (ältere Schwester), soll endlich sagen, was sie weiß."

Daraufhin bittet der Vater seine Tochter um Aufklärung. Jetzt kann Wayan Sri nicht mehr anders, sie ist in einer Zwickmühle. Mit ihrem Bruder wäre sie schon noch klargekommen, aber mit ihrem Vater, nein. Dazu ist der Respekt vor den Eltern zu groß. Sie kann auch nicht mehr fliehen, es gibt keinen Ausweg, der Moment der Wahrheit ist gekommen.

Ellen liegt im Sand nach einem erfrischenden Bad im Meer, das ihr hoffentlich positive Energie bringt. Die braucht sie unbedingt. Der gestrige Abend ist in Diskussionen verlaufen, aber ohne befriedigendes Ergebnis. Ellen ist hin und her gerissen von ihren Gefühlen. Einerseits sind da diese bezaubernde Natur, das Meeresrauschen in der Nacht und die ungewohnte und betörende Zweisamkeit. Andererseits hängt sie ihren traurigen Gedanken um Monika nach. Sie fühlt sich hilflos und untätig. Doch die Wärme des Sandes, ein zarter Hauch von Wind berührt ihre nasse Haut und der Geruch von Fischen und Seetang versetzt sie in Tagträume. Nach dem Frühstück machen sie sich auf in das Haus des Priesters. Dieter ist in aller Frühe aufgestanden und zum Markt gefahren. Er hat Obst gekauft als Gastgeschenk. Wenn man jemanden zu Hause besucht, besorgt man keine Blumen wie in Deutschland, sondern kauft Kekse oder Obst. Das passt immer.

Der Priester erwartet sie schon. Nach der Begrüßung – es werden ein paar Freundlichkeitsfloskeln getauscht und der Mangku bedankt sich herzlich für die Gaben – lassen sich die drei Besucher wieder auf ihrer Strohmatte nieder, sie kennen nun schon ihren Platz.

„Gestern habe ich Ihnen die Situation und das Empfinden der Einwohner von Nusa Penida versucht zu verdeutlichen. Ich möchte Sie fragen, ob mir das gelungen ist oder ob Sie noch Fragen haben. Sie müssen wissen, ich freue mich, wenn Touristen Interesse an Mensch und Kultur haben und uns nicht nur wegen unserer Strände besuchen."

„Ja doch, wir haben ein großes Interesse, einen tieferen Einblick in die Geschichte und Kultur der Menschen hier zu erfahren. Besonders das Thema der schwarzen Magie interessiert uns", erwidert Ellen eifrig. Ellens Handy meldet sich, aber sie unterdrückt den Anruf und stellt das Gerät ab. Sie möchte nicht unhöflich sein, jetzt, da sie gerade an einem wichtigen Punkt der Unterhaltung angelangt sind.

„Das ist wohl wahr", spricht der Mangku nun etwas ernster. „Der Mythos der schwarzen Magie ist entstanden als Selbstschutz, so könnte man es erklären. Die von Nusa Penida aufgebaute Mythologie über Ratu Gede Mecaling und anderen Helden kann als eine Reaktion auf diese Situation verstanden werden. Der Geist dieser Mythologie möchte seine Einwohner ermutigen. Er will Hoffnung spenden, dass seine Einwohner sich nicht minderwertig fühlen, sondern stark und erfolgreich. Die Sage über Ratu Mas Gede Mecaling verstärkt das Selbstwertgefühl der Bewohner, die seit jeher unter der Dominanz Balis zu leiden hatten.

Für die Inselbewohner gibt es keinen anderen Weg, als hart zu arbeiten, belastbar zu sein, mutig zu sein, niemals aufzugeben, geduldig zu sein und konsequent zu lernen und zu arbeiten. Ohne diese Attribute scheint es unmöglich, den Mut aufzubringen, von Unabhängigkeit auch nur zu träumen. Daher besteht der wahre Widerstand der Menschen darin, sich vom Stigma zu befreien, primitiv, isoliert, minderwertig zu sein. Dieser Geist spiegelt sich in der Persönlichkeit von I Gede Mecaling wider. Bis heute werden seine übernatürlichen Kräfte vom balinesischen Festland hoch respektiert."

Der Mangku ermuntert seine Gäste, den servierten Tee zu trinken, bevor er selbst einen kräftigen Schluck Wasser trinkt. Daraufhin fährt er fort:

„Seine Geschichte hat auf Bali begonnen, in dem Dorf Batuan. Es waren einmal zwei Prinzenkinder, ein Junge, I Gede Mecaling, und ein Mädchen, Ni Tole. Mecaling liebte die Meditation, das Meer und die Fischerei von Kindesbeinen an. Seine Schwester Ni Tole wurde später Gemahlin des Königs von Nusa Penida. I Gede Mecaling war dafür bekannt, den Frieden der Gesellschaft zu stören, sodass er aus Batuan ausgewiesen und nach Penida verbannt wurde. Er war zwar zufrieden, Meditation im Tempel von Ped betreiben zu können, hat aber die Schmach seiner Vertreibung nie überwunden. Er gab sich voll der Meditation des Yoga Samadhi hin. Seine Verehrung galt Ida Bhatara Ciwa. Nachdem sein Schwager gestorben war, wurde er König von Nusa Penida. Aufgrund seiner Hingabe zum Yoga-Samadhi wurde Ida Bhatara Ciwas Herz berührt. Als Dank und Anerkennung schenkte Ida Bhatara Ciwa dem König Mecaling übernatürliche Kräfte *(Kanda Sanga)*. Es veränderte sich Mecalings Aussehen. Sein Körper wurde groß, sein Gesicht wurde gruselig, seine Eckzähne wurden lang, vor seiner Stimme erzitterte das gesamte Universum. Der Lärm, die Angst und das Entsetzen, die durch die Form und das Geräusch verursacht wurden, die Tag und Nacht von König I Gede Mecaling dröhnten, sorgten für Aufruhr. Niemand konnte mit den übernatürlichen Kräften, die von Mecalings Reißzähnen stammten, mithalten. Die Macht, die er durch diese Verwandlung erhielt, war auch auf Bali spürbar und hat so manche Katastrophe verursacht. Als Rache über seine Verstoßung aus Bali sandte er Krankheiten und Pest an die Nachbarinsel. Eines Tages, als die Balinesen *Nyepi* (Neujahrsfest)mit großer Freude und Lachen feierten, beschloss Mecaling, sie auszutricksen. Er verwandelte sich in einen Barong, das ist eine bei den Balinesen beliebte, kraftvolle Figur. Zusammmen mit seiner Dämonenarmee zerstörte Mecaling alles auf Bali.

Seitdem ist das balinesische Neujahr, *Nyepi*, zu einem Tag der Stille geworden, an dem niemand Lärm macht oder Spaß hat, um den Teufel zu täuschen, falls dieser zurückkommen sollte. Am nächsten Tag gingen die verängstigten Balinesen zu einem Priester. Dieser rief den größten und stärksten Barong an, um Mecaling nach Nusa Penida zurückzutreiben. Der Hohepriester des Gelgel-Königreichs kam dann nach Nusa Penida, um die Insel von dunklen Geistern zu reinigen und Mecaling endgültig zu vertreiben. Auch die Götter erzürnten über Mecalings Bosheit und Überheblichkeit, sodass sie den Gott Indra sandten, der in einem Kampf Mecalings Reißzähne zerstörte und ihm dadurch seine übernatürlichen Kräfte nahm.

Gede Mecaling kehrte zurück zum intensiven Gebet. Fortan verehrte er Bhatara Rudra mit solcher Beharrlichkeit, dass dieser mitfühlend ihm ein Geschenk der Magie erwies. Er konnte von nun an sowohl heilen als auch krank machen und verwünschen. Daher wird heute sein Schrein im Tempel Ped zu einer Kraftquelle für Leute, die schwarze Magie praktizieren. Es ist aber auch ein Wallfahrtsort für diejenigen, die Zuflucht vor dem Bösen und der Krankheit suchen. Es gibt feierliche Rituale, die jeder Hindu auf Bali mindestens einmal in seinem Leben durchführen muss. Während seiner Pilgerreise zum Pura Ped Tempel in Nusa Penida muss er ein Gleichgewicht zwischen dem Negativen und dem Positiven finden. Nur so kann Ruhe und Harmonie erreicht werden. Der Mythos um I Gede Mecaling, dessen übernatürliche Kräfte sich in Form einer Katastrophe auswirken können, insofern dem Volk der Schwesterinsel Penida weniger Aufmerksamkeit geschenkt würde. Bei guter Behandlung jedoch Sicherheit und ein langes Leben verspricht.

Dies ist ein Glaube, der so groß ist, dass er nicht durch die rationalen, modernen Zeiten erodiert werden konnte.

21 DIE VERFOLGUNG KANN BEGINNEN

*S*orry, Made, dass ich jetzt erst zurückrufe, aber ich war verhindert. Was ist denn los? Gibts was Neues?", spricht Ellen in ihr Handy, als sie endlich und mit schlechtem Gewissen die vielen unterdrückten Anrufe beantwortet.

„Ellen, stell dir vor, die Freundin von meiner Schwester steckt dahinter, und Yan Sri natürlich auch. Meine Schwester sagt, es sei nur ein Spiel und Monika würde schon nichts geschehen."

„Waas, das gibts doch gar nicht. Erzähl bitte mehr. Wo ist Monika?"

„Das hab ich noch nicht herausgefunden, denn Yan Sris Freundin ist nicht zu Haus anzutreffen. Ihre ältere Schwester sagt, sie wäre mit der Uni beschäftigt in Denpasar und würde bei einer Freundin wohnen für die nächsten Tage. Merkwürdigerweise ist aber ihr jüngerer Bruder, er ist leicht behindert, auch verschwunden. Normalerweise hilft er beim Bauern aus, Tiere füttern, und es kommt vor, dass er im Stall schläft.

Ellen erinnert sich an das Offering in Monikas Haus, da war ein Junge mit einer Behinderung. Er hatte sich nützlich gemacht, die schmutzigen Tassen und Teller abzuräumen.

„Ist das der Junge, der in Monikas Haus ausgeholfen hat bei der Purification Zeremonie?"

„Ja das ist Komang. Der jüngere Bruder von Kadek Astari."

„Na so ein Zufall! Wir müssen sie finden, Made. Ich kann dir leider momentan nicht helfen, wir sind hier auf Nusa Penida, könnten aber morgen früh zurückkommen."

„Na wie schön, du machst Urlaub, während wir hier dringend nach Monika suchen?"

„Nicht so, wie du denkst, Made. Wir sind hier auf Recherche. Wir haben ein Seminar in Sachen schwarzer Magie hinter uns."

„Was sagst du da? Mein Gott, da fällt mir ein, die Familie von Kadek Astari, das heißt, ihre Schwester hat hier ins Dorf eingeheiratet. Sie stammt aus einer armen Familie in Nusa Penida. Drum hat ihr Mann die jüngeren Geschwister seiner Frau, Kadek und Komang, mit in sein Haus aufgenommen."

„Mann Made, das ist die heißeste Spur überhaupt. Versuche du, alles zu erfahren, was möglich ist über die Familie, in der die Geschwister wohnen. Ich spreche derweil mit Pak Albertus. Ich bin total aufgeregt. Ruf mich später noch mal an, wenn Du mehr weißt."

Ellen und Dieter sitzen auf ihrer Terrasse in der Nachmittagssonne und schauen aufs Meer. Ellen schneidet einige Mangofrüchte auf, die die beiden mit Genuss verzehren.

„Pak Albertus wird sofort nach Sumampan fahren und die Familie, in der Kadek Astari wohnt, vernehmen. Was meinst Du, Dieter, sollen wir morgen zurück nach Bali?"

„Lass uns noch warten mit der Entscheidung, momentan können wir in Bali doch nichts machen, alles Notwendige erledigen Made und Pak Albertus. Es wäre ja auch möglich, dass sich das Mädchen mit Monika hier versteckt. Mittlerweile glaube ich, alles ist möglich. Was für ein krankes Hirn. Mein Gott".

Yan Sri ist in einer ausweglosen Lage. Sie hat ihrer Freundin fest versprochen, sie nicht zu verraten, und nun hat sie es doch tun müssen. Sie fühlt sich so richtig elend vor diesem Anruf, den sie jetzt tätigen wird.

„Kadek, hörst du mich?"

Das Gespräch wird nicht angenommen, Yan Sri hinterlässt eine Sprachnachricht.

„Kadek, apa khabar? (Wie geht es Dir?) Hör zu, meine Familie ist dahintergekommen und man hat mich gezwungen, die Wahrheit zu sagen. Ich habe behauptet, dass du nur einen dummen Streich spielen wolltest. Kadek, bitte lass Monika frei, bevor es zu spät ist. Die Polizei sucht schon nach dir. Wo bist du?"

Kadek Astari sitzt in ihrem Versteck und überlegt. Sie darf jetzt auf keinen Fall ihr Handy benutzen. Sie nimmt den Chip heraus und schiebt ihn unter das Handycover. Sie muss vorsichtig handeln. Vielleicht sollte sie noch mal zum Tempel fahren und beten, bestimmt bekommt sie eine Eingebung.

Schnell zieht sie sich Sarong und Kebaya an, stopft einen Gürtel, den ihr Bruder ihr besorgt hat, in einen Plastikbeutel, nimmt das Fläschchen Weihwasser samt Räucherstäbchen und fährt auf ihrem Moped zum Pura Ped. Am Warong der alten Frau kauft sie einige kleine Opfergaben aus Blüten und geflochtenen Palmblättern, wie sie es schon so oft getan hat.. Sie stopft alles in ihre Plastiktüte zu den anderen Sachen. Im Tempel angekommen, sucht sie all die Schreine auf, die eine Andacht verlangen, bevor sie zu dem eigentlichen Anliegen kommt, dem Pura Ratu Gede. Dort baut sie ihre Opfergaben auf und vertieft sich ins Gebet. In gläubiger Inbrunst, auf ihren Fersen sitzend, die Hände zum Gebet vor ihrer Brust gefaltet, hält sie ein Räucherstäbchen zwischen den beiden Mittelfingern. So kniet sie da, meditierend und den erlauchten Ratu Gede Mecaling um Hilfe bittend. Dies soll ein letzter Versuch sein, ihrem Anliegen Gehör zu verschaffen.

Der Gürtel, der auf dem Opferteller liegt, gehört Made Suma. Für dieses Ritual musste sie ein persönliches Accessoire von ihm beschaffen. Ihr Bruder Komang war gerne behilflich. Kadek Astari bittet darum, sich endlich dieser fremdartigen

Nebenbuhlerin entledigen zu können. Ihre Gedanken fangen an zu rasen vor Eifersucht. Wut und Hass überschlagen sich förmlich. Sie fängt an, merkwürdige Laute von sich zu geben. Sie verdreht ihre Augen und bewegt ihre Arme, als wolle sie tanzen. Sie verfällt in Trance. Nach einigen Minuten bricht sie erschöpft in sich zusammen. Schließlich kommt sie wieder zu sich. Sie faltet die Hände vor der Brust, um Dank auszudrücken. Sie nimmt von den Blueten die in einer Schale mit Weihwasser schwimmen und betupft damit Stirn und Schläfen, bevor sie sich eine ins Haar steckt. Ein paar Reiskörner drueckt sie sich an die feuchte Stirn. Als sie sich besser fühlt, nimmt sie ihre Sachen und eilt davon.

Sie rast mit ihrem Moped in Windeseile in Richtung Osten die Küstenstraße entlang. Nach einigen Kilometern biegt sie rechts ab in eine kleine Dorfstraße, die ins Landesinnere führt. Diese Straße endet mit einem Tempel. Es dauert nicht lange, bis sie dort ankommt. Die Straße hört kurz hinter dem Tempel auf. Sie versteckt ihr Moped im angrenzenden Wald aus Teakholzbäumen, Beringinbäumen, Palmen und Bananenstauden und macht sich weiter zu Fuß auf dem schmalen Pfad. Hier kennt sie sich aus, hier hat sie ihre Kindheit verbracht, jede Abzweigung ist ihr vertraut. In ihrem Rucksack befinden sich Wasser und Verpflegung für Monika und ihren Bruder, der auf die verhasste Frau aufpasst.

Es dämmert und die Geräusche des Waldes nehmen zu. Die Tiere werden aktiv. Das Zirpen der Käfer und Grillen wird unerträglich laut, Fledermäuse schießen über ihren Kopf hinweg. Sie streift unbeeindruckt von den Sinneseindrücken weiter durch die Natur wie jemand, der nie etwas anderes erlebt hat, dabei wohnt sie schon seit einigen Jahren auf Bali. Ihr halblanges, lockiges Haar ist von der Feuchte der Luft und dem Fahrtwind aufgebauscht. Ihre Haut ist dunkel gebrannt von der Sonne. Nach einer halben Stunde des Weges biegt sie ein in ein Dickicht. Sie umgeht die dornigen Sträucher und bewegt sich in einem Zickzackkurs weiter in den Wald hinein. Sie erreicht eine kleine Lichtung. Am Rande steht ein riesiger Baum, unter dem sich eine Art Hütte befindet, die normalerweise Schutz für Kühe bietet. Sieht man genau hin, kann man eine Leiter erkennen, die an den Baum gelehnt ist. Lässt man sein Auge an das Ende der Leiter gleiten, entdeckt man ein kleines Baumhaus in der Krone versteckt.

Kadek pfeift auf ihren Fingern, einmal lang und einmal kurz, sie wartet auf das Antwortsignal, aber es tut sich nichts. Sie kann niemanden sehen. Wo ist Komang? Sie läuft, so schnell sie kann, auf den riesigen Baum zu. Der kleine Unterstand am Fuße des Baumes liegt verlassen da. Kadek blickt sich verwundert um, sieht aber um sich herum nichts als Bäume. Das Blut steigt ihr in den Kopf und pulsiert hinter ihren Schläfen. Was hat das zu bedeuten, warum ist Komang nicht hier? Sie nähert sich jetzt der Leiter und steigt langsam und beherrscht Stufe für Stufe aufwärts, ohne auch nur den geringsten Laut zu erzeugen. Oben angekommen findet sie die Tür nur angelehnt. Vorsichtig stößt sie sie mit dem Fuß auf und tritt hinein.

Ihr Gesicht wird aschfahl und der Schweiß tritt aus jeder Pore ihrer Haut in dem Moment, da sie Komang blutüberströmt auf der Pritsche liegen sieht. Hände und Füße sind an das Bettgestell gefesselt. Mit nacktem Oberkörper liegt er da, in seinem Mund steckt ein Knebel, hergestellt aus dem eigenen T-Shirt.

„Komang, mein Gott, was ist passiert, bist du ok?" Sie entdeckt eine Platzwunde an Komangs Schläfe. Nachdem sie ihren Bruder aus der misslichen Lage befreit hat, wartet sie auf seine Erklärung.

„Sie ist weg", meint er trocken.

„Ja, das sehe ich, sag, was ist passiert?", kommt es ungeduldig zurück.

„Ich wollte ihr wie immer das Essen bringen, da hat sie mir von hinten mit dem Holz auf den Kopf geschlagen. Das tat weh. Als ich wieder wach war, fand ich mich gefesselt hier auf der Liege."

„Wann war das genau, ich meine, um wie viel Uhr?"

„Das war heute Mittag, so gegen eins, wie gesagt, ich wollte ihr Wasser und Essen bringen und dann behandelt sie mich so. Das ist doch gemein!", meint er enttäuscht.

„Los komm, wir müssen sie finden. Sie kann nicht allzu weit sein."

„Ibu Ellen, apa khabar?", klingt es aus Ellens Handy, das sie auf laut gestellt hat, damit Dieter und ihre Mutter, die mittlerweile von ihrem Strandspaziergang zurückgekommen ist, mithören können. Pak Albertus Stimme ertönt klar und deutlich:

„Es gibt Neuigkeiten. Wir haben die Adresse von Kadeks Freundin erhalten und überprüft. Wir konnten sie aber nicht auffinden. Die Zimmerkollegin weiß von allem nichts. Kadeks ältere Schwester vermutet, dass Kadek zurück nach Penida gereist ist, in das Dorf des Großvaters. Meine Leute werden morgen früh dort sein, um die Fahndung einzuleiten."

„Endlich geht es voran, aber meine Angst um Monika verstärkt sich derweil. Wie viele Tage ist sie jetzt schon verschwunden, Pak Albertus? Ich mache mir wirklich Sorgen. Werden Sie dabei sein morgen früh?"

„Ich habe eine andere dringende Aufgabe zu erfüllen, werde aber nachkommen, sofern es der Entwicklungsstand als sinnvoll erscheinen lässt. Ich habe aber gehört, dass Pak Suma, der Freund der verschwundenen Person, schon auf dem Weg nach Penida ist, vermutlich hat er die Nachmittagsfähre genommen."

„Ok, Pak. Wir bleiben in Kontakt, ich hoffe, ich sehe Sie morgen."

„Und Miss Ellen, ich bitte Sie, keine Alleingänge, versprochen?"

„Nein, nein natürlich nicht, Ihre Leute kommen ja schon morgen hier an. Also bis morgen, Pak." Kaum hat sie das Gespräch beendet, klingelt ihr Handy erneut. Es ist Made Suma.

„Hi Ellen, ich bin gerade angekommen hier auf Penida. Wo steckt ihr denn?"

„Hi Made, wir wohnen im Blue Harbour direkt am Strand. Das Beste, du kommst hier her, da ist die Kommunikation zwischen uns am einfachsten."

Wieder vereint, besprechen die drei Freunde das weitere Vorgehen. Made wirkt hektisch. Natürlich ist er besorgt und will sich gleich auf die Suche nach der Freundin begeben.

„Sollen wir nicht lieber auf die Polizei warten bis morgen Vormittag?", meint Dieter in einem beruhigenden Ton.

„Das kommt gar nicht infrage, ich kann es keine weitere Nacht aushalten, ich muss Monika finden. Und ich werde noch heute nach ihr suchen", antwortet Made mit Bestimmtheit.

„Und was hast du genau vor? Wo willst du denn anfangen mit der Suche?" Ellens Stimme verrät einige Neugierde.

„Hab keine Ahnung, Ellen. Aber ich weiß, in welchem Dorf ihr Großvater gelebt hat, dort gehe ich hin und frage mich durch.

„Leuchtet total ein, da kommen wir natürlich mit", entgegnet Ellen entschlossen.

22 SCHNITZELJAGD

Es ist Dämmerung. Monika sitzt erschöpft unter einem Baum. Sie hat sich einige trockene Zweige gesucht, um ein Lager zu bereiten in einer kleinen Kuhle neben dem Baum, unter dem sie sitzt. Vermutlich ist hier mal ein vom Blitz getroffener Baum umgekippt, und das ausgerissene Wurzelwerk hat diese Vertiefung geschaffen.

Sie ist bereits einige Stunden ziellos umhergeirrt, ihr Kopf war nicht in der Lage, klar zu denken, er hämmerte immer nur: „Weg von hier, weg von hier". Und jetzt ist sie schlicht und einfach fix und fertig mit ihrer Kraft. Sie nimmt einen kleinen Schluck aus der Wasserflasche, die sie am Schlafplatz ihres Aufpassers gefunden hat. Sie kann immer noch nicht glauben, dass ihr die Flucht gelungen ist. In ihren Wachphasen hatte sie alles mit Sorgfalt bis ins Detail geplant. In der letzten Nacht konnte sie die Stricke um ihre Gelenke immer mehr lockern, bis es ihr endlich gelang, die Handgelenke zu befreien. Daraufhin hat sie schnell auch ihre Fußfesseln gelöst. Es ist ihr gelungen, mit einigem Kraftaufwand ein Holzbein von der Pritsche zu lösen. Anstatt des fehlenden Beines hat sie den Eimer für ihre Notdurft unter das Bettgestell positioniert und das Holzbein griffbereit neben der Bambustüre platziert. Mucksmäuschenstill war sie auf der Lauer, dabei hat sie ihre Muskulatur mit immer wieder mit Dehnungsübungen locker gemacht. Ein Knarren der Leiter veranlasst sie, blitzschnell das Holzstück zu schnappen und über den Kopf zu halten. Als der Junge durch die Türe schritt, schnellte ihre Waffe mit aller Wucht auf ihn nieder. Er schrie, worauf sie nochmals zugeschlagen hat, immer wieder, bis er die Besinnung verlor. Dann hat sie sein blutverschmiertes Hemd ausgezogen und seine Hände und Füße in der gleichen Weise, wie man es mit ihr gehandhabt hat, an die Pritsche gefesselt. Das Hemd zu einem Knebel geknotet und zwischen die Zähne geschoben. Sie ist die Leiter mehr heruntergerutscht denn geklettert, von Ungeduld übermannt. Schnell den Unterschlupf ihres Bewachers nach Brauchbarem durchsucht, um dann eilig im Wald zu verschwinden. Sie hat den Jungen ordentlich zugerichtet, aber das ist ihr total egal. Sie empfindet keinerlei Reue, Schuld oder Mitleid.

Wie soll es jetzt weitergehen? Sie benötigt einen Plan. Das Wasser reicht höchstens einen halben Tag, wenn sie so stramm wandert wie heute. Sie muss aus diesem verdammten Wald heraus. Aber wie? Ohne GPS, ohne Karte, ohne alles? Sie hat ja überhaupt nicht die leiseste Ahnung, wo sie sich befindet.

Dann kommt ihr eine Idee. „Morgen früh werde ich den Sonnenstand beobachten, und ich werde immer nach Westen gehen. Auf diese Weise verhindere ich, im Kreis herumzulaufen. Irgendwann muss ich ja dann mal auf eine Straße treffen." Sie findet ihren Plan perfekt. In einiger Entfernung entdeckt sie eine Gruppe von Bananenstauden. Sie steht auf, geht zur Staude hinüber und reißt einige Blätter herunter, die hoffentlich ihr Nachtlager etwas weicher gestalten werden. Einige Blätter schichtet sie über sich. Wie sie da so liegt, schaut sie aus wie eine Riesenraupe, die sich in ihren Kokon verwoben hat. Ihre zahlreichen Mückenstiche fühlt sie schon längst nicht mehr. Sie ist überglücklich, der Gefangenschaft entkommen zu sein, wenn auch die Gefahr noch nicht vorüber ist.

Mutter Miebach hat es tatsächlich geschafft, ihren Willen durchzusetzen. Sie hat ihre Unverzichtbarkeit in dieser kleinen Ermittlergruppe deutlich gemacht. Letztendlich war es Ellen unmöglich, Mama Miebach ihren Willen abzuschlagen.

„Lass mich doch für das Basislager verantwortlich sein. Ich kann Nachrichten entgegennehmen und weiterleiten, wenn nötig, Hilfe besorgen", so hat sie argumentiert. Ellen fehlte eine stichfeste Begründung dagegen und hat die Bitte ihrer Mutter stillschweigend angenommen. Noch am gleichen Nachmittag fahren sie los in das Dorf Limo. Eine geraume Zeit sind sie schon von der Küstenstraße abgebogen ins Landesinnere. Die Fahrt geht hoch und runter, Rechtskurve, Linkskurve und wieder hoch. Die kleine Straße ist recht holprig, der Asphalt aufgebrochen und die Grundlage aus weißem Kalkstein ist ausgefahren. Man kommt nur langsam vorwärts. Ab und an führt die Straße durch kleine Dörfer, dann geht es wieder durch karge, trockene Landschaften. Teakholzbäume beherrschen die Flora und wildes Gestrüpp, Bananenstauden und Beringinbäume sind anzutreffen. Vereinzelnd sieht man mal einen Bauern mit einer Sichel daherkommen. Ab und an sind kleine, hellbraune Kühe zu entdecken. Die zarten Geschöpfe fristen ihr Leben vor sich hin kauend. Strohdächer, von Baum zu Baum provisorisch konstruiert, schützen sie vor Sonne und Regen. Diese Insel ist karg und trocken, anscheinend gibt es keine Reisfelder. Felsiger Boden überall. Eine alte Frau, die Feuerholz gesammelt hat, trägt es als Bündel auf dem Kopf nach Hause. Die Zeit ist knapp, es dämmert schon. Endlich, Made parkt den Mietwagen an der Straße direkt gegenüber einem kleinen Warong. Er steigt aus, während die anderen Personen im Wagen sitzen bleiben. Er überquert die fast unbefahrene Dorfstraße und fragt nach ein paar Flaschen Wasser. Ellen beobachtet, wie die Frau die Wasserflaschen freudig in eine Plastiktüte packt. Sie sieht die beiden in ein Gespräch verwickelt. Es dauert einige Minuten, bis Made endlich wieder zurückkommt. Gespannt und ohne ein Wort zu sprechen sind drei Augenpaare auf den kleinen Warong gerichtet in der Hoffnung, etwas zu erfahren. Als Made endlich die Autotür von innen wieder zuschlägt, platzt es aus Ellen heraus.

„Und? Was ist?"

„Sie kannte den Großvater, ein eigenwilliger alter Kauz. Er ist vor einigen Jahren verstorben. Viele Jahre nach seiner Frau. Er wohnte in einer Hütte irgendwo in der Nähe des Pura Dalam, glaubt sie. Einige seiner Enkel lebten bei ihm, meinte die Frau zu wissen. Was mit ihnen geschah nach seinem Tod, wusste sie nicht genau. Sie glaubte, sich zu erinnern, dass die älteste Enkelin nach seinem Tod für ihre Geschwister gesorgt hat."

„Na, dann lasst uns die Hütte suchen", kommt von hinten Mama Miebachs Stimme herüber.

„Ob die Hütte noch existiert, ist anzuzweifeln, aber sicherlich können wir mehr erfahren aus der umliegenden Nachbarschaft", antwortet Ellen. „Wir sollten den Pura ... – wie hieß er noch mal? – suchen."

Made Suma schaut auf das Display seines Handys und findet auch den betreffenden Tempel gleich: „Ok, nicht weit von hier ist er, auf geht es".

„Jetzt wird es spannend", kommt es von Mama Miebach von der Rückbank.

Sie fahren noch einige Kilometer weiter die stark ansteigende Jalan Buyuk Limo entlang, bis sie ein Hinweisschild zu dem besagten Pura entdecken.

„Wir sind da!", ruft Made erregt. Er parkt den Wagen. Die Dämmerung geht langsam in

Dunkelheit über. Ob sie jetzt noch etwas erreichen können? Sie müssen es versuchen.

„Mama, du bleibst bitte im Wagen, während wir uns umsehen", sagt Ellen etwas zu streng zu ihrer Mutter, aber sie hat jetzt absolut keinen Nerv auf Debatten. Mutter Miebach antwortet nicht, sie hat verstanden und bleibt sitzen. Die anderen steigen aus dem Wagen. Mit ihren Handys leuchten sie die Gegend aus. Es gibt nichts zu sehen hier, rein gar nichts, nur Gestrüpp und trockenen Boden. Sie gehen in Richtung Hauptstraße auf das erstbeste Haus zu und Made klopft an der Tür. Aber es geschieht nichts. Sie gehen weiter und finden einen kleinen Kiosk, der Petrol, das ist Benzin, verkauft. Hier versuchen sie ihr Glück, etwas über den Großvater zu erfahren.

Der Kioskbesitzer erinnert sich recht gut, und auf die Frage, ob das Haus des Großvaters noch steht, antwortet er:

„Ja klar, das Häuschen steht noch, die Enkel kommen ab und zu vorbei, dann bleiben sie einige Tage und sind wieder weg. Es ist etwas heruntergekommen, es kümmert sich ja niemand richtig darum. So ist das halt."

„Waren die Enkel in der letzten Zeit da?"

„Ja, doch, das kann ich bestätigen. Ich habe Kadek und Komang neulich gesehen, wann war das, hm, vor einigen Tage vielleicht? Ich kann mich nicht genau erinnern."

„Wären sie so lieb, mir eine Textnachricht zu schicken, falls einer der Enkel wiederauftauchen sollte? Das wäre sehr hilfreich, wir suchen Kadek wegen einer dringenden Angelegenheit. Sie müssen wissen, die Universität, an der Kadek studiert, hat ein Stipendium zu vergeben und Kadek hat große Aussichten, dies zu erhalten, leider können wir sie nicht finden."

„Oh ja, natürlich, das werde ich gerne machen, hoffen wir, dass sie bald wieder vorbeikommt." Sie tauschen die Handynummern aus und Made verabschiedet sich freundlich. Ellen schaut sich noch mal auf der Dorfstraße um, aber das Leben scheint hinter den Hauswänden stattzufinden, auf der Straße passiert nichts mehr.Die kleine Gruppe bewegt sich wieder zurück zum Auto. Dieter meldet sich zu Wort:

„Ich denke, das ist es fürs Erste. Wir werden heute nicht mehr erfahren. Ich schlage Folgendes vor. Lasst uns jetzt zurück in unsere Unterkunft fahren. Morgen in aller Frühe kommen wir wieder hierher. Ich habe das Gefühl, Kadek und ihr Bruder haben sich hier in der Nähe verschanzt, denn warum sonst wurden sie hier kürzlich gesehen. Die Polizei wird morgen auf Penida eintreffen, das heißt, wir könnten flächendeckend gemeinsam suchen. Ich habe ein kleines Homestay entdeckt an der Hauptstraße, nicht weit von hier, es heißt Green Bamboo. Dort könnten wir morgen einchecken, dann sind wir in der Nähe des Geschehens. Frau Miebach könnte von der Unterkunft aus, die Straße im Blickfeld behalten und uns informieren, sobald sie etwas Verdächtiges entdeckt." Dieser Plan wurde von allen ohne Gegenargumente angenommen.

Im Hotel verabschiedet sich Mutter Miebach mit der Begründung, ihre Tasche zu packen und gleich schlafen zu wollen. Ellen beschließt den heutigen Tag mit einem Sprung ins Meer und einer langen heißen Dusche. Die Männer holen sich am erstbesten Warong ein paar Bier und treffen sich zur Lagebesprechung etwas später am Strand. Made sitzt da mit gemischten Gefühlen. Er schaut aufs Meer und nippt an seiner Flasche. Dieter setzt sich neben ihn und fragt: „Gehts dir gut, Kumpel?" Er hält seine Flasche Made entgegen, um anzustoßen. „Keine Bange, wir werden Monika finden. Du hast ja selbst gesagt, es wäre nur ein Spiel."

„Ja, nur ein Spiel, meinte meine Schwester, aber diese Kadek ist verrückt vor Eifersucht. Ich habe schon früher gemerkt, dass sie an mir interessiert ist, habe es mir aber nicht anmerken lassen und runtergespielt, weil es für mich eine absurde Vorstellung ist. Ich habe ein ungutes Gefühl, ich hoffe, Kadek verliert nicht die Nerven."

Der Ozean liegt still da, die kleinen Lichter einiger Fischerboote tanzen am Horizont. Mit dem Rhythmus der Gischt, die regelmäßig auf den Sand vor ihnen aufschlägt, vertiefen die beiden ihre neugewonnene Männerfreundschaft und kippen noch das ein oder andere Bier, bevor auch sie sich schlafen legen.

*A*lle sitzen im Auto, nur Ellen ist nicht da.

„Nanu, wo bleibt sie denn?", fragt Mama Miebach erstaunt. Doch dann erscheint ihre Tochter auf der Straße, sie geht direkt auf den Wagen zu, bepackt mit zwei großen Plastiktüten.

„Hoppla, was hast du denn vor, mein Schatz?"

„Ich habe nur ein paar wichtige Ausrüstungsgegenstände besorgt, man kann ja nie wissen, wie lange so eine Suche dauert und man benötigt einiges."

Auf der Fahrt zu dem neuen Hotel zeigt sie ihre Güter. Eine Sichel zum Gestrüppschneiden, einige Küchenmesser wofür auch immer, Kordel, Verbandsmaterial und Betadine, Autan (Anti-Mückenspray), einige Wasserflaschen, Kekse und eine Plastikplane.

„Wow", kommt es lachend aus Dieters Mund, „welche Fantasien haben dich denn inspiriert?"

„Jetzt hast du gut lachen, nachher wirst du verstehen, warum das nicht lustig ist."

Sie checken ein in das „Green Bamboo". Es ist eine kleine Anlage mit Bambushütten, sehr spartanisch eingerichtet, aber sauber und so ganz anders. Maria Miebach hat mittlerweile Gefallen gefunden an dem einfachen Lebensstil, eng verbunden mit der Natur. Absolut keine Erwartung an Schein und Prestige. Für die Hamburger Dame eine ganz neue Erfahrung.

Sie besorgen für Mama Miebach eine Hütte direkt an der Straße, besonders günstig, aber der Preis war nun wirklich nicht der Grund für ihre Wahl, denn von hier aus hat man einen perfekten Überblick über die Hauptstraße. Mama Miebach ist glücklich, sie fühlt sich gebraucht und dadurch wertgeschätzt. Dass sie diesen Umstand Dieter zu verdanken hat, ist ihr nicht bewusst.

Während sie auf Pak Albertus' Anruf warten, sitzen sie auf dem Bambusbalkon von Mama Miebachs Zimmer und studieren die Google Map. Derweil beraten die vier über einen Plan. Made geht zur Rezeption, um den Angestellten über die Landschaftsverhältnisse und Landmarkierungen zu befragen. Leider kann der junge Rezeptionist keine detaillierte Auskunft geben. Das Land ist recht trocken und verwildert. Hauptsächlich gibt es Waldbestand, unterbrochen von kargen Lichtungen.

„Uns bleibt nichts anderes übrig, als die Gegend abzugrasen." Ellens Handy klingelt, und alle verstummen.

„Ja?" Ellen sieht konzentriert, aber wahllos in die Ferne … „Ja Pak, ich habe verstanden. Wir sind hier im *Green Bamboo* an der Jalan Buyuk Limo. Wann können Sie hier sein?" Sie hebt die Augenbrauen und hält inne.

„Okay, ich habe verstanden … Ihr Kommissar ist schon auf Penida mit seinem Team und wird uns hier treffen. Danke Pak. Bis dann." Ellen dreht sich wieder um und spricht in die Runde: „Also, die Polizei ist unterwegs hierher. Wir sind angewiesen, auf den Einsatzleiter zu warten. Pak Albertus kommt erst später, er wird Monikas Eltern begleiten, die gerade angekommen sind. Nachdem das Konsulat die Eltern vom Verschwinden ihrer Tochter unterrichtet hatte, haben diese kurz entschlossen die nächste Maschine nach Bali gebucht." Ellen legt ihren Arm um die alte Dame und spricht mit weicher Stimme:

„Mama, dies wird dein Vergnügen sein. Du hast die ehrenwerte Aufgabe, dieses Ehepaar Klamm zu betreuen. Sie benötigen vielleicht Beistand, eine entspannte Gesellschaft ist ganz sicher hilfreich. Du wirst sie ablenken mit einer leichten Unterhaltung und einem Spaziergang durch den Garten. Du musst sie aber bitte daran hindern, diese Anlage zu verlassen."

„Ja, aber sicher, das werde ich schon hinbekommen. Du kannst dich auf mich verlassen."

Zwei Stunden sind vergangen, aber keine Spur von der Suchstaffel. Made Suma wirkt sichtlich ungehalten:

„Was kann man aber auch schon von der Polizei erwarten. Wenn man sie nicht braucht, drängen sie sich auf, braucht man sie, sind sie nicht da. Mir reicht's mit der Warterei, ich gehe jetzt los, allein."

„Aber das hat doch keinen Zweck. Wir können nur effektiv suchen, wenn wir zusammenbleiben", meint Dieter.

„Ihr habt beide recht, also gehen wir!", ruft Ellen in die Runde.

Sie nehmen jeder ihren vorbereiteten Rucksack und verabschieden sich von Mama Miebach, die ihnen hinterherruft, doch bitte vorsichtig zu sein.

Mit dem Wagen fahren sie bis in die Nähe des Großvaterhauses.

Ellen wiederholt noch mal ihren Plan: „Uhrzeit vergleichen: Es ist bereit Neun Uhr Dreißig. Der Sonne nach zu urteilen, müsste dies Süden sein und dort ist Westen. Wir gehen jetzt genau nach Westen. Dieter, Fünfundzwanzig Meter, das heißt, große Schritte, ich Fünfzig Meter und du, Made, Fünfundsiebzig. Dann gehen wir Hundert Schritte nach Norden, das heißt, wir biegen im rechten Winkel rechts ab. Auf diese Weise laufen wir einigermaßen parallel nebeneinander im Abstand von Fünfundzwanzig Metern. Nach den Hundert Schritten biegst du, Dieter, Neunzig Grad nach links in Richtung Westen, nach circa Fünfundzwanzig Schritten müsstest du mich erreicht haben. Daraufhin gehen wir zusammen noch Fünfundzwanzig Schritte weiter und müssten auf Made treffen. Auf diese Weise haben wir ein Gelände von 100 Quadratmetern abgesucht. Wie dumm, wir haben keinen Kompass, aber anhand der Sonne und Uhrzeit müssten wir in etwa die Richtung beibehalten. Außerdem sind wir in

Rufweite, falls einer von uns etwas Auffälliges entdeckt hat oder sich verläuft."

„Grandiose Idee, Ellen, unser Meisterdetektiv", schallt es aus Dieters Mund.

„Und ich danke euch, Freunde, dass ihr mitgekommen seid", kommt es leise über Mades Lippen.

Die Freunde teilen sich auf und gehen durch die karge Landschaft. Zuerst kommen sie recht schnell voran, denn es handelt sich um trockene Wiese mit vereinzelten Büschen und Bananenstauden.

Als sie sich wieder treffen – Ellens Plan ist genau aufgegangen, wie erwartet – hat keiner etwas Auffälliges bemerkt. Ellen setzt sich auf den Boden und fertigt eine kleine Skizze an von dem abgesuchten Quadratkilometer. Sie vermerkt die Stelle auf ihrem Google-Map-Screenshot. Sie befinden sich jetzt in einer von hohen Bäumen dominierten Gegend. Bevor sie das nächste Planquadrat durchsuchen, nehmen sie jeder einen kräftigen Schluck aus ihren Wasserflaschen.

Das Gelände ist uneben und es steigt an. Dann fällt es wieder ab und so geht es immer hin und her. Vereinzelt sehen sie mal eine grasende Kuh am Pflock, das heißt, der Besitzer wird regelmäßig hier unterwegs sein. Vielleicht haben sie Glück und begegnen ihm. Ellen klettert über trockene Äste und allerlei Gewächs. Ungeheuerliche Tierlaute kommen von den Baumkronen herunter. As sie sich zum zweiten Mal treffen, bleibt das Ergebnis der

Suche wieder ohne Erfolg. Sie machen eine Pause. Ellen schaut auf ihr Handy, vielleicht haben sich ja der Einsatzleiter oder Pak Albertus gemeldet.

„Mist, kein Empfang."

Dieter schaut auf sein Display, welches die gleiche Erkenntnis bringt. Ellen verzeichnet das Resultat der Suche auf ihrer Skizze.

„Was meint ihr, sollen wir zurückgehen, die Polizei muss doch jetzt eingetroffen sein?", fragt Dieter.

„Kommt gar nicht in die Tüte, ich meine, ihr könnt natürlich machen, was ihr wollt, aber ich gehe hier nicht mehr aus diesem Wald, bis ich Monika gefunden habe", fällt Mades Antwort betont entschlossen aus.

„Gut, dann bleib ich auch", antwortet Ellen. „Na, dann ist ja alles gesagt", meint Dieter. „Schreiten wir den nächsten Kilometer ab. Ich würde vorschlagen, die südliche Seite vorzunehmen."

„Einverstanden."

„Einverstanden."

Und so bewegt sich das Trio weiter durch den Wald. Ellen checkt regelmäßig ihr Handy, und als sie endlich Empfang hat, setzt sie eine Nachricht für ihre Mutter ab, die aber nicht rausgeht. Das Signal ist zu schlecht. Ellen schaltet das Gerät ab und geht weiter. Beim nächsten Stopp einigt man sich darauf, wieder tiefer in den Wald einzutauchen. Die Wahrscheinlichkeit, Monika dort zu verstecken, erscheint ihnen größer.

„Wir versuchen unser Bestes und die Polizei hoffentlich auch." Noch ein Planquadrat und Dieter meldet sich:

„Leute, ich muss jetzt mal was essen, ich bitte um eine Pause. Das *Nasi Bungkus (in Papier eingewickeltes Reisgericht)* wartet geradezu darauf, mein Gepäck zu erleichtern." Ellen hatte den gleichen Gedanken, sich aber nicht so richtig getraut, was zu sagen, da sie Mades Ungeduld verstehen kann. Made, auf den Gedanken des würzigen Nasi Bunkus in seinem Rucksack gebracht, leistet nicht den geringsten Widerstand. Die drei suchen sich einen prächtigen, dicken Baum aus, unter dem sie Rast machen und ihren Hunger stillen. Bevor sie weitergehen, hat Ellen eine Idee. Sie umwickelt den Baumstamm mit der Kordel, die sie mitgebracht hat, und dekoriert das Einwickelpapier ihrer Mahlzeit hinzu. Die Plastiktüten in Rot und Blau, in der das Essen transportiert wurde, schneidet sie in schmale Bänder, die sie wie kleine Fähnchen zu dem Papier knotet.

„Was soll das geben, wenn's fertig ist?", fragt Dieter belustigt.

„Falls hier jemand vom Suchtrupp vorbeikommen sollte, dann versteht er vermutlich die Botschaft, dass wir hier waren. Wer sollte sonst so eine Verrücktheit tun. Und man weiß nie, wo für das mal gut sein kann."

„Da kann ich nicht widersprechen", meint Dieter.

Made sagt nichts, gedankenverloren sitzt er da und starrt in die Ferne.

*„I*ss, du Miststück". Kadek schiebt Monika, die an einen Baum gefesselt ist, ein Stück Lemper, das ist eine Art Reiskuchen, in den Mund. Das Ganze ist eine klebrige Angelegenheit, und Monika beginnt zu husten und spuckt alles wieder aus. Dann setzt Kadek eine Wasserflasche an Monikas Mund und zwingt sie zu trinken. Monika nimmt einige Schlucke auf.

„Trink, trink noch mehr, du Schlampe!" Kadek ist bis zum Anschlag gereizt und hat sich offensichtlich nicht mehr unter Kontrolle. Sie weist Komang an, mit der Tortur fortzufahren. Komang schiebt den Reiskuchen in Monikas Mund und ahmt seine Schwester nach:

„Hier, du alte Schlampe, schluck's runter, mach schon."

Monika hängt förmlich in den Seilen, sie kann nicht mehr. All ihr Mut und Hoffnung sind zunichtegemacht. Als sie am Morgen in ihrem Blätterbett erwachte, entdeckte sie diese zwei grässlichen Gesichter über sich. Sofort wurde sie an den Baum gefesselt und seit den Morgenstunden ununterbrochen gequält. Ihre Beine versagen wieder einmal, der Strick um ihre Hand und Fußgelenke frisst sich langsam in ihr Fleisch. Die Schmerzen sind unerträglich. Komang hat einiges

Getier gesammelt, Spinnen und Ameisen und so, und Monika auf Arm und Beine gesetzt. Aber das spürt sie schon gar nicht mehr.

„Wir müssen hier weg, schleunigst", hört sie Kadek zu ihrem Bruder sprechen. Die Geschwister wenden sich ab, gehen einige Schritte von Monika fort, sodass diese die Unterhaltung auch akustisch nicht verstehen kann. Kurz darauf kommt Komang zurück und löst die Fesseln vom Baum. Monikas Arme werden hinter ihrem Rücken zusammengebunden. Und dann bewegt sich die kleine Gruppe zielstrebig durch den Wald. Kadek voran, dann Monika und das Schlusslicht bildet Komang, der seine Gefangene an einer Leine vor sich hertreibt.

Das Geschwisterpaar kennt die Gegend wie seine Westentasche. Ihre Kindheit haben sie hier zugebracht und man könnte sagen, jeder ältere Baum ist ihnen familiär, sie kennen die Biegungen der Stämme, sie erkennen an der Stellung bestimmter Bäume zueinander. Ihr Orientierungsvermögen ist ausgesprochen scharf. Die beiden hatten keine leichte Kindheit, der Junge, ständig gehänselt wegen seiner geistigen Behinderung, und Kadek wurde oft von ihrem Vater geschlagen. Ein sensibles Mädchen mit klarem Kopf, aber einer Neigung zur Sturheit. Sie widersetzte sich dem Willen ihres Vaters, wo immer sie konnte, und kassierte dafür Prügel über Prügel. Das machte sie hart und verschlossen. Zusammen mit ihrem Bruder flüchtete sie oft in den Wald, wo sie sich tagelang versteckten, um den Wutanfällen des Vaters aus dem Wege zu gehen. Sie waren von je her ein eingespieltes Team, und Komang verehrt bis heute seine Schwester in einfältiger Bewunderung.

Kadek schlägt mit einem Stock gekonnt das Gestrüpp beiseite, sodass sie recht schnell vorankommen. Komang schubst die entkräftete Gefangene von hinten. Da, ein Schrei! Der Trupp bleibt kurz stehen und Kadek, den Finger auf den Mund haltend und Schweigen signalisierend, spitzt die Ohren.

„Halloooo, Ellen, wo bist du?", ist laut und deutlich zu vernehmen. Es ist Made Sumas Stimme! Monika, die abseits ihrer Sinne steht, erstarrt auf der Stelle und zittert.

„Madeeeee!", schreit sie, so laut sie kann. Im Nu hat Kadek sich auf die junge Frau gestürzt und ihr den Mund zugehalten. Komang kommt zu Hilfe. Auf Befehl seiner Schwester zieht er sein T-Shirt aus und verknebelt damit Monikas Mund.

„Los jetzt, wir müssen uns beeilen", schreit sie. Schneller als zuvor hetzen die drei noch circa eine halbe Stunde zielgerichtet durch den Wald, bis sie auf eine kleine Straße treffen.

Monika, durch die Stimme Mades zu neuen Kräften gekommen, erwacht aus ihrer Apathie. „Noch ist nichts verloren. Made und Ellen suchen mich. Halte durch Monika, sei stark. Du wirst es schaffen".

Made irrt in der Gegend umher, Monikas Namen rufend. Aber es kommt keine Antwort mehr.

Ellen und Dieter hocken vor dem Blätterbett. Unverkennbar hat hier eine menschliche Hand etwas hergerichtet. Eine Schlafstelle. Den Schrei eben haben alle gehört, keine Einbildung. Ein gutes Zeichen, das heißt, Monika lebt! Ellen hat eine Idee.

„Wir müssen die Laufrichtung ändern, Made, komm bitte her, wir sollten uns neu orientieren."

Made kommt von seiner hilflosen Alleinaktion zurück und sieht ein, dass es keinen Zweck hat, jetzt die Nerven zu verlieren und ohne Plan in der Gegend herumzulaufen.

„Der Schrei kam aus dieser Richtung." Ellen macht eine deutliche Handbewegung. „Ich schlage vor, wir laufen jetzt weiter im gleichen Abstand wie zuvor, allerdings in Richtung Südwesten. Ich laufe in der Mitte, und alle fünfzig Schritte gebe ich einen Pfiff ab und ihr bestätigt. Made mit zwei Pfiffen und Dieter mit drei Pfiffen. Somit wissen wir, dass wir nicht zu weit voneinander abdriften und gegebenenfalls unsere Richtung anpassen können. Wir machen keinen langen Stopp nach den Pfeifsignalen, sondern gehen immer weiter geradeaus. Falls jemand etwas gefunden hat oder Hilfe benötigt, einmal kurz und einmal lang pfeifen. Einverstanden?"

„Einverstanden" kommt es aus den Mündern der beiden Männer gleichzeitig zurück. Ellen wartet, bis Made und Dieter ihre fünfundzwanzig Schritte

Abstand eingenommen und mit ihren Erkennungspfiffen bestätigt haben, dann macht auch sie sich auf, fünfzig Schritte geradeaus zu gehen. Geistesgegenwärtig, um auf jedes Zeichen schnell reagieren zu können, fokussiert Ellen ihre Augen und Ohren. Sie pirscht durch das Unterholz wie ein Soldat einer Spezialeinheit. Wie schon so oft schlüpft sie einfach in die neue Rolle so natürlich und leicht, als ob sie nie etwas anderes gemacht hätte.

Da, was war das? Drei Pfiffe, das ist Dieter. Sie bleibt stehen. Und dann kommen ein kurzer und ein langer Pfiff.

Sie läuft in die Richtung des akustischen Signals und kann auch Dieter schon bald erkennen. Dieter winkt, er hat sie entdeckt. Kurz darauf kommt auch Made hinzu.

„Seht Euch dies an, hier, wo das Unterholz dichter wird. Es ist eine Schneise geschlagen worden. Das sieht man ganz deutlich. Das Gestrüpp ist zertreten, Äste sind gebrochen und alles sehr frisch, das sieht man am Grün der Bruchstellen."

„Tatsächlich, Dieter. Es scheint, Monika ist hierdurch geschleust worden", meint Ellen.

„Das ist ein gutes Zeichen, ich denke, wir sollten nun zusammenbleiben und dieser Spur folgen", schlägt Dieter vor.

Das Adrenalin schießt ein bei den drei Freunden, als sie nun dieser ersten heißen Spur folgen. Ohne ein Wort zu sagen, hetzen sie durch das freigeschlagene Unterholz. Der Boden ist verwurzelt und verwachsen, sie treten einfach drauflos, ohne den Untergrund genau erkennen zu können. Der Waldboden ist feucht, stellenweise rutschig. Ob es wohl Schlangen gibt? Bestimmt, aber unwichtig in diesem Moment. Sie kommen gut voran, was sich positiv auf ihre hoffnungsvolle Stimmung auswirkt, denn die Vorarbeit der Wegbereitung ist ihnen abgenommen. Sie geraten in einen Laufschritt, wenn man dies so nennen darf. Verschwitzt und außer Atem schlagen sie sich durch die Schleuse.

Da, ist das nicht eine Lichtung dort drüben? Ellen hält inne. Sie machen eine kurze Pause. Es sieht so aus, und ja Motorengeräusch ist zu hören.

„Los kommt, schnell weiter jetzt, dort drüben ist eine Straße", flüstert Ellen gedämpft aber gut verständlich. Sie hetzen weiter die letzten Meter, bis sie endlich die Straße erreicht haben. Ein letzter Sprung beamt Ellen zurück in eine Situation aus ihrer Schulzeit … querfeldeinlaufend, das Band der Zielgeraden vor ihren Augen, noch mal alles geben. Geschafft, sie befinden sich jetzt alle drei auf der Straße. Sie schauen sich um. In circa fünfzig Metern Entfernung sehen sie einen blauen Pick-up mit zwei Personen auf der Ladefläche davonfahren. Sie erkennen Komang, den Bruder von Kadek, zusammen mit Monika.

„Scheiße, Scheiße, Scheiße", brüllt Made verzweifelt.

*M*ade rennt wie in Trance seiner Monika, die sich schreiend auf dem Pick-up befindet, hinterher. Ellen und Dieter können den verzweifelten Mann nicht mehr beschwichtigen. Er ist wie von Sinnen. Sie folgen ihm in einem langsamen Dauerlauf, aber Ellen geht die Puste aus. Sie merkt, dass ihre Kräfte schwinden. Starke Seitenstiche plagen sie obendrein. Dieter erkennt die Lage sofort und schlägt vor, allein zu versuchen, Made einzuholen, damit dieser keine Dummheiten anstellt. Ellen stimmt zu und ergänzt mit dem Vorschlag, das nächste Auto anhalten zu wollen, und sich spätestens am nächsten Ortseingang zu treffen.

Gesagt, getan. Dieter, der gut trainierte Sportler, jagt auf und davon, während Ellen mit gemäßigten Schritten die Landstraße entlang geht und dabei regelmäßig ein- und ausatmet. Die Landschaft rechts und links zur Straße lichtet sich. Der Wald scheint zu Ende. Der trockene Boden ist von Bananenstauden und Buschwerk unterbrochen. Sie geht und geht, immer wieder sich umblickend, ob vielleicht ein Auto in Sicht ist. Nichts.

Sie hat sich nun etwas erholt und setzt wieder zu einem leichten Lauf an. War das nicht ein

Motorengeräusch? Sie bleibt stehen und schaut sich um, ein Motorrad.

„Nun ja, besser als nichts", denkt sie. Sie macht eine eindeutige Armbewegung, die den Motorradfahrer zum Anhalten veranlasst. Ellen wechselt ein paar Worte, und schon sitzt sie hinten drauf. Welch ein Glück und welch eine Wohltat. Die Landstraße ist etwas kurvenreich und sie kann weder Dieter noch Made irgendwo erblicken. Während sie also als Sozius eines klein gewachsenen, mittelalten Mannes auf dem Moped sitzt, späht sie die Straße nach den Männern aus. Nichts. Es soll noch eine lang gezogene Kurve dauern, bis sie endlich ihre Freunde erblickt. Sie hält nur kurz an, um ihnen neue Anweisungen zu geben, bleibt aber selber auf dem Moped sitzen, welches sie bis zum nächsten Ort bringen wird. Von dort hat sie vor ein Auto mit Fahrer zu mieten.

Eine weitere Stunde ist vergangen. Es ist früher Nachmittag, Ellen konnte einen Minibus mit Fahrer chartern und die beiden Männer aufgabeln. Mit genügend Bargeld ist das alles kein Problem. Aber ihre Reserven sind langsam aufgebraucht und ihre kreativen Ideen auch.

„So, und was machen wir nun?", fragt sie in die Runde.

Stille. Natürlich haben sie den Anschluss verpasst. Der Pick-up ist über alle Berge. Made ist wie betäubt. Alle Hoffnung scheint ein weiteres Mal dahingeschmolzen. An einem Mart machen sie kurz

Rast. Währenddessen nutzt Ellen die Gelegenheit, ihr Handy aufzuladen.

„Gibt es hier vielleicht Internet? Ich muss unbedingt die Nachrichten checken!" Die Dame an der Kasse nickt mit dem Kopf und gibt lächelnd die Zugangsdaten.

„Oh, ein verpasster Anruf von Pak Albertus", schnell drückt sie die Antworttaste.

„Hallo Pak", eifrig berichtet sie die Geschehnisse an den Kriminologen, der mittlerweile auf Nusa Penida in der Basisstation der Suchtrupps angekommen ist.

„Wir sind hier in einem kleinen Dorf an der Jalan Klumpu, an einer T-Junction. Wir haben die Möglichkeit, nach Osten oder Westen weiterzufahren. Die Straße nach Limo werden sie gewiss nicht gefahren sein. Kadek weiß, dass wir hinter ihr her sind. Sie hat uns gesehen. Gut, Pak, verstanden. Wir werden gen Osten fahren bis zum nächsten größeren Ort und dort herumfragen nach einem Pick-up. Habe verstanden. Wir melden uns von dort wieder."

Ellen fragt die K-Mart-Angestellte, ob sie einen Pick-up gesehen hat, aber es scheint ihr nichts aufgefallen zu sein. Die drei Freunde brechen ihr kurzes Intermezzo ab und besteigen einen weißen Minibus. Ellen setzt sich neben den Fahrer nach vorne und lässt die beiden Männer auf der mittleren Bank Platz nehmen. Ab geht's, wohin weiß niemand so genau.

Ellen initiiert ein Gespräch mit dem Fahrer. Ein junger Mann, der recht aufgeweckt erscheint.

„Ja, Miss, ich arbeite *freelance* für mehrere kleine Gästehäuser in der Gegend, ich hole die Gäste vom Hafen ab oder fahre sie auf der Insel herum, da verdiene ich nicht schlecht." Er zieht an seiner Zigarette, inhaliert ausgiebig und fährt fort:

„Ich bin zufrieden, ist nicht zu anstrengend, ich habe keinen Boss und ich kann Englisch lernen. Der Wagen gehört meiner Familie, ich gebe die Hälfte der Einnahmen ab. Mein Traum ist es, irgendwann in einem großen Hotel auf Bali als Manager zu arbeiten."

Ellen hört ihm geduldig zu, aber dann unterbricht sie plötzlich seinen Redebedarf und fragt:

„Kennen Sie jemanden in der Gegend, der einen hellblauen Pick-up fährt? Ist ja nicht gerade eine Standardfarbe, dieses Blau, so himmelblau wie ein ‚Blue Bird'-Taxi."

„Ach den, klar, kenn ich. Ein guter Kumpel, Pak Putu. Er betreibt einen kleinen Baustoffhandel nicht weit von hier in Klumpu, das ist das nächste Dorf."

„Los, da fahren wir jetzt hin," kommt es erregt aus Ellens Mund.

„Und warum interessiert Sie der Wagen so sehr?"

„Erkläre ich Ihnen später, jetzt sofort zu dem Baustoffhandel."

K adek sieht durch das kleine Rückfenster des Pick-ups, alles scheint ruhig. Komang hat Monika im Arm, es sieht so aus, als ob beide schlafen. Gut so. Sie sind nun schon über eine Stunde unterwegs, Kadek will heute noch die Ostküste erreichen.

„Sie müssen wissen, die Eltern meiner Freundin machen sich bestimmt Sorgen, dass wir noch nicht zurück sind. Deswegen bitte ich Sie, möglichst schnell zu fahren, ich möchte heute Abend noch in der Residenz ankommen und meine Freundin wohlbehalten zurückbringen."

Der Fahrer freut sich über diesen lukrativen Auftrag, so etwas kommt auch nicht alle Tage, trotzdem scheint ihm das alles etwas merkwürdig.

„Wo wohnen denn die Eltern genau? Sind Sie sicher, dass diese ihre Tochter nicht lieber selbst abholen?", fragt er neugierig und wirft dabei einen Argwohn ausstrahlenden Blick hinüber zu seiner Beifahrerin, obwohl ihn die Antwort eigentlich nicht sonderlich interessiert. Schnell schaut er wieder nach vorne, gedankenverloren malt er sich bereits aus, was er mit dem Geld anstellen wird, welches dieser Job einbringen wird.

Er wird sich einen wunderschönen Kampfhahn zulegen, er weiß auch schon welchen. Ihm schwirren süße Bilder durch den Kopf. Hatte er doch neulich bei einem Freund ein wirklich edles Exemplar entdeckt, dieses talentierte Tierchen wird er bald sein Eigen nennen. Er stellt sich vor, wie er eine besondere, kraftspendende Speise für das Tier vorbereitet. Er fühlt regelrecht, wie er es streichelt und krault und seine Muskeln massiert.

Dann, als er Kadeks Stimmer wahrnimmt, erreicht ihn wieder die Realität.

„Residenz, sagten Sie? Ich kenne keine Residenz", einen Teil des Gesäusels seiner Beifahrerin aufschnappend.

„Die Nusa Penida Residenz, natürlich", kommt es von Kadek ungeduldig zurück.

„Ich dachte, die gibt es nicht mehr, die haben doch neulich Pleite gemacht, oder nicht?"

Er träumt weiter von seinem Hahn, als Kadek ihn bittet anzuhalten. Sie fühle sich nicht gut und müsse mal raus. Und ob er bitte mal ihr die Tür aufhalten könne.

Der Fahrer, etwas verdutzt, steigt aus und geht um den Wagen herum. Als er ihr nichts ahnend die Tür öffnet, spürt er einen heftigen Stich zwischen seinen Rippen. Von der blitzschnellen Aktion seiner Beifahrerin überrascht, möchte er schreien, aber rotgefärbte Blasen treten aus seinem Mund, die unwillkürlich in einen satten Strahl warm pulsierenden Blutes übergehen und er bewusstlos zusammenbricht.

Kalten Blutes und geistesgegenwärtig der Situation bewusst, zerrt Kadek angeekelt an der verschwitzten und blutverschmierten Kleidung des Mannes. Sie schleift ihn an den Rand der Fahrbahn. Mit zwei kraftvollen Tritten entsorgt sie den Körper in ein tiefes Tal.

„Sollen sich die wilden Tiere um dich kümmern, du Dummkopf", lacht sie schrill und wirft das Messer hinterher. Sie schaut auf die Pritsche, alles ist ruhig, die beiden schlafen noch. Schnell steigt sie hinter das Steuer und braust davon. Sie ist außer sich vor Wut, rasend, sie tritt auf das Gaspedal. Der plötzliche Ruck hätte die Passagiere auf der Pritsche fast über den Rand befördert.

Kadek fängt sie sich wieder. Sie hat die Kontrolle über ihre Emotionen zurück. Denkt wieder kühl und strategisch. Sie fährt gemäßigt. Sie benutzt Umwege, kleine Straßen, um gewiss nicht mit ihren Verfolgern zusammenzutreffen.

Pak Albertus hat sein Hauptquartier in dem kleinen Bambus-Hostel aufgeschlagen. Er hat seinen Suchtrupp zurückgerufen, nachdem bekannt ist, das Kadek schon in Richtung Osten unterwegs ist. Er will gerade neue Anweisungen geben, als Frau Miebach ihn entdeckt hat.

„Also wirklich, da möchte man doch genau informiert sein. Ach, guten Tag, Miebach ist mein

Name, ich bin Ellens Mutter. Freut mich, Sie kennenzulernen. Meine Tochter hat mir so viel Gutes über Sie erzählt, da wollte ich Sie doch selbst gerne einmal sprechen. Haben Sie schon von meiner Tochter gehört? Sie müssen wissen, wir machen uns doch solche Sorgen. Und ich betreue die Eltern von Fräulein Körner. Wir haben erfahren, dass die schwarze Magie mit im Spiel sein soll, also wirklich, da möchte man doch genau informiert sein. Ich möchte den Eltern doch eine erleichternde Mitteilung machen. Können Sie bitte etwas zu dem Fall sagen?"

„Geehrte Frau Miebach, gerne möchte ich Sie auf dem Laufenden halten, und ganz herzlichen Dank für Ihre Freundlichkeit, sich um die Herrschaften zu kümmern. Die Eltern sind sicher in äußerster Not. Ja, wir haben Kontakt mit Ihrer Tochter. Sie ist der verdächtigten Person auf der Spur. Monika lebt. Wir bereiten gerade alles für einen erneuten Einsatz vor. Mehr kann ich Ihnen leider zum jetzigen Zeitpunkt noch nicht sagen. Bitte entschuldigen Sie mich, ich muss dringend telefonieren".

„Ja aber sicher, und gutes Gelingen". Freundlich lächelnd verabschiedet sich Frau Miebach und geht zurück zu dem Ehepaar Körner aus Deutschland, die verängstigt und schweißgebadet von der Tropensonne, unter einem großen, schattenspendenden Baum sitzen. Das Personal hat ihnen einige alte Rattan-Sessel besorgt, in denen sie einigermaßen bequem die Zeit absitzen können. Das kleine Hotel ist nicht auf soviel Publikumsverkehr eingerichtet. Es wurde halt etwas improvisiert.

Als Frau Miebach sich wieder auf ihrem Sessel niederlässt, erzählt sie stolz die Neuigkeiten, die sie gerade erfahren hat.

„Also, man bereitet gerade einen neuen Einsatz vor. Der Kriminalkommissar ist in großer Eile. Meine Tochter hat mit dem Einsatzleiter alles abgesprochen. Monika lebt. Alles wird gut." Als ob es den beiden die Sprache verschlagen hätte, sitzt das Ehepaar da wie zwei Häufchen Elend, mit kleinen runden traurigen Augen, die Angst im Nacken. Die Müdigkeit von der Reise zeichnet sich in ihren aschfahlen Gesichtern ab, während sich auf der Glatze des Mannes der erste Sonnenbrand bemerkbar macht.

„Trinken, bitte immer viel trinken", Frau Miebach reicht den Herrschaften jeweils noch eine kleine Flasche Wasser.

„Ich danke Ihnen, Frau Miebach, aber mir ist nicht ganz wohl. Ich denke, ich lege mich besser hin, im Zimmer ist wenigstens ein Ventilator", entgegnet Monikas Mutter.

„Ich werde fragen, ob es nicht vielleicht ein Zimmer mit Klimaanlage gibt." Frau Miebach hat wieder eine Verwendung für ihr Organisationstalent gefunden und schwirrt davon.

stküste, hm, da gibt es viele Plätze, wo man hinkönnte". Ellen denkt nach. Im Baustoffhandel von Klumpu hat sie mit der Ehefrau des Inhabers gesprochen. Der Pickup wurde mit Fahrer gebucht. Der Auftrag kam spontan und ein Fahrer konnte so schnell nicht gefunden werden, so hat ihr Mann kurz entschlossen den Job selbst angenommen. Es wurde ein guter Preis geboten, um die kleine Gruppe von jungen Leuten an die Ostküste zu bringen, wohin genau ist ihr nicht bekannt.

„Könnten Sie ihren Mann vielleicht anrufen? Es ist dringend."

„Das habe ich schon, aber er geht nicht an sein Handy, vermutlich ist er beschäftigt oder in einer Unterhaltung."

Ellen schreibt ihre Nummer auf einen Zettel und überreicht ihn der Ehefrau mit der Bitte anzurufen, falls ihr Mann sich meldet beziehungsweise zurückkommt. „Wir müssten dringen mit ihm reden. Vielen Dank für die Auskunft und ihr Verständnis."

Zu diesem Zeitpunkt ist der Baustoffhändler schon tot.

Das Telefon am Ohr bespricht Ellen mit Pak Albertus eine neue Strategie, dann rauscht der kleine Minibus ab nach Osten. Pak Albertus' Männer überprüfen die ganze Ostküste, zivile Polizisten fahnden in der Gegend zwischen Atuh Beach und Suwehan Beach nach dem himmelblauen Pick-up. Sobald sie einen treffenden Hinweis bekommen, wird der Suchtrupp mit Hunden efortgesetzt.

„Wir fahren am besten auch in Richtung Osten und lassen uns in der nächstbesten Unterkunft nieder, um in Kontakt zu bleiben."

„Das ist eine gute Idee, Ellen" erwidert Made. Sie sitzen bereits im Wagen und überlegen noch, wohin die Reise gehen soll, da kommt auch Pak Albertus Nachricht mit einem ersten Hoffnungszeichen. Man hat einen blauen Pick-up gefunden auf einer kleinen, heruntergekommenen Landstraße, die Suwehan Beach und Atuh Beach verbindet. Der Wagen ist liegen geblieben, da die Straße immer enger wurde und nur mit Motorrad passierbar ist. Suchtrupps sind auf dem Weg zur Stelle des Pick-ups, um das Gelände breitflächig abzusuchen.

„Können Sie mir bitte den aktuellen Standort des Pick-ups geben?"

Made hört genau zu, wie Ellen die Koordinaten wiederholt, und sucht auf seiner Google Map.

„Das ist nicht allzu weit, circa 20 Minuten Fahrt. Auf geht's".

Jetzt schaltet sich Dieter ein mit der Bemerkung: „Was wollt ihr denn an dem Pick-up? Kadek wird hundertpro nicht zu ihm zurückkehren. Die Polizei ist dran und die Umgebung wird abgesucht in alle Richtungen. Wir sollten nun klar denken und keinen Aktionismus walten lassen. Lasst uns lieber überlegen, was Kadek in ihrer Situation machen würde. Sie hat vermutlich auch noch den Fahrer dabei, es sei denn sie hat ihn in die Wüste geschickt, das glaube ich aber nicht, viel zu gefährlich, oder aber er ist ihr entkommen".

„Du hast recht, Dieter, was schlägst du vor?", kommt es einsichtig von Made herüber.

„Ich weiß es noch nicht. Ich stelle mir gerade vor, was in ihrem kranken Hirn vorgehen könnte. Lasst uns alle mal fünf Minuten nachdenken, ohne zu sprechen."

   „Wo willst du denn jetzt hin, Kadek? Ich bin langsam müde vom Tragen."

„Halt noch ein wenig durch, Komang, wir haben es bald geschafft. Wir sind schon ganz nahe am Eco Tree House. Wir suchen uns in der Nähe ein ruhiges Plätzchen, wo wir die nächste Stunde verbringen können, und morgen ist sowieso alles vorbei und wir können wieder zurück nach Bali." Diese Vorstellung entfaltet Superkräfte in Komang, der mit Monika auf dem Rücken vor Freude sich im Kreis dreht. „Nach Bali, nach Bali, ja da wollen wir hin", singt er schräg.

Bevor Verfolgten mit dem Wagen liegengeblieben sind, hatte Kadek noch schnell einen *Warong* (ein kleines Geschäft) ausfindig machen können, indem sie alle wichtigen Utensilien finden konnte, die sie zur Abwicklung ihres teuflischen Plans benötigt. Sie durchstreifen vorsichtig gebeugt das Dickicht, bestehend aus Disteln und kargem Gestrüpp, da richtet sich Kadek auf und meint den geeigneten Unterschlupf gefunden zu haben. Ein mit wilden Kletterpflanzen reichlich bewachsenes Gebüsch soll ihnen als Herberge dienen. Kadek hat gleich einige Zweige aus der Mitte mit einer Machete entfernt, um im Inneren genügend Platz zu schaffen für zwei Personen. Von außen ist absolut nichts zu erkennen. Sie instruiert Komang mit neuen Anweisungen.

„Hier ist Wasser und noch eine halbe Schlaftablette, wenn sie wieder aufwacht, gibst du sie ihr."

Kadek zieht sich Gummihandschuhe an und holt eine Flasche Alkohol aus ihrer Tasche. Mit einem in Alkohol getränkten Wattebausch rubbelt sie Monikas Lederjacke gründlich ab. Dann nimmt sie Monikas Hand und drückt sie mehrfach auf der Jacke ab, mit Monikas Pass und Handtasche verfährt sie ebenso. Als Letztes zieht sie einen Brief aus einem Kuvert und drückt Monikas Finger mehrfach darauf ab.

„Ich habe etwas zu erledigen, bin in circa einer knappen Stunde zurück. Du wartest hier und verhältst dich ganz ruhig." Vorsichtig zieht sie sich Monikas Lederjacke über, streift die Handtasche über ihre Schulter. Das auffällige Halstuch, bindet sie sich um den Kopf, sodass ihre Haare nicht zu sehen sind. Monikas dicke Sonnenbrille steckt sie oben auf und verschwindet leise durch die Büsche.

Es ist dunkel geworden, das kommt der kriminellen Seele sehr gelegen. Mit schnellen Bewegungen streift sie durch das Gelände, eine Terrassenstufe nach der anderen erklimmend wie ein junges Reh. Da kommt das kleine Licht aus dem Wächterhäuschen in Sicht, da muss sie hin. Noch einige leichte Sprünge durch die hügelige Landschaft und sie ist bald am Ziel. Der Nachtwächter kommt gemächlich auf sie zu. Im Schein seiner Taschenlampe hält sie inne und spricht ihn direkt auf Englisch an.

„Verzeihen sie, aber ich benötige dringend ein Zimmer für die Nacht, mein Auto ist nicht weit von hier liegengeblieben, ich kann es erst morgen reparieren lassen. Hier ist mein Reisepass." Immer noch mit Gummihandschuhen ausgestattet, aber unbemerkt von dem Wächter legt sie unauffällig Monikas Pass vor ihn hin mit einem Geldschein drin. Zufrieden notiert der Wächter den Namen der eincheckenden Person und begleitet die falsche Monika in eines der Baumhäuser. Sie fragt säuselnd, ob sie das letzte Baumhaus haben kann, es hätte den hübschesten Blick. Bedankt sich förmlich und der Wächter verschwindet. Sie triumphiert, dass ihr dieser kleine Coup geglückt ist. Was, wenn kein Zimmer mehr frei gewesen wäre? Nicht auszudenken. Schnell die Türe verriegelt, zieht sie einen Umschlag mit dem vorbereiteten Brief heraus, welchen sie auf das Bett legt. Dann legt sie die Lederjacke und Handtasche daneben. Leise zieht sie die marode Tür von außen zu und klettert geräuschlos die Stiegen hinunter. Sie schleicht sich über die südliche Begrenzung der Anlage davon. Als sie in einigem Abstand die Straße erreicht hat, sieht sie am Wärterhäuschen einen weißen Minibus parken und drei Personen mit dem Wärter verhandeln.

Wie versprochen ist sie nach einer knappen Stunde zurück in dem Versteck.

„Komang, nun kommt der letzte Akt."

„Was meinst du damit, letzter Akt, sind wir hier im Theater? Hahaha", lacht er dümmlich.

„Wir werden jetzt Monika die Klippen hinunterwerfen. Es bleibt nicht viel Zeit."

ie drei Hobbydetektive haben sich darauf geeinigt, möglichst schnell eine Unterkunft zu finden, von wo aus sie mit der Polizei koordinieren können. Es hat keinen Zweck, wahllos in der Gegend umherzufahren. Das war allen klar. Dieses kleine Eco Lodge ist das Einzige in der Gegend. Welch ein Glück, noch eine Hütte ergattert zu haben. Nun müssen sie allerdings zu dritt damit vorliebnehmen, was aber niemanden stört, denn geschlafen wird soundso nicht.

Sie sitzen auf dem Holzboden ihrer Hütte und sehen auf das dunkle Meer hinaus. Das Geräusch der aufschlagenden Wellenkämme kommt regelmäßig, aber gedämpft. Der Abstand zum Wasser ist groß, die Klippen sind immens hoch. Um sie herum ist alles still. In den Nachbarhütten sind zwar Gäste, aber die sieht man nicht.

Ellen und Made sehen Dieter gespannt an, als dieser zum Sprechen ansetzt und seine Theorie darlegt.

Da klingelt Ellens Handy. Eine zittrige Frauenstimme meldet sich. Es ist die Frau des Baustoffhändlers.

„Ja, hallo, spreche ich mit Ellen Miebach?"

„Ja am Apparat, wer spricht bitte?"

„Sie hatten mir Ihre Nummer dagelassen, ich sollte Sie anrufen, wenn etwas ist. Ich bin die Frau des Pick-up-Fahrers, ich mache mir Sorgen, mein Mann ist noch immer nicht zurück, das ist nicht normal. Er hätte schon vor einer Stunde da sein müssen, und an sein Handy geht er auch nicht."

„Bitte rufen Sie die Polizei an. Pak Antonius, so heißt der Einsatzleiter, die Nummer ist 081 5554 8765, er wird Ihnen bestens Auskunft geben können."

„Polizei? Was ist denn passiert?"

„Ich kann Ihnen leider nichts Genaues sagen, ich weiß nur, der Wagen wird von der Polizei gesucht, bitte rufen sie Pak Albertus an."

„Der Mann ist also nicht getürmt. Das sieht nicht gut aus, denkt Ellen laut an ihre Freunde gerichtet. Sie sieht den Wächter mit einem Bündel die Stufen heraufkommen. Dieser entschuldigt sich für die Störung, will nur eben noch Kissen und Decken für die dritte Person bereitstellen. Lächelnd bemerkt er, dass ja geradezu eine Invasion von Deutschen diesen verschlafenen Platz gefunden haben. Oh ja, er mag die Deutschen, Fußball, *Bayer Munik*, Hummels, Götze, *Schumache*, alles gut.

Dieter antwortet bescheiden korrigierend: „Nun ja, alles nicht so wild und wir sind ja auch nur zwei, Made ist aus Bali."

„Nein, nein, gerade wenige Minuten vor Ihnen ist schon eine deutsche Frau eingecheckt." Die drei

Gäste verstummen und halten inne für einige Sekunden in einer Art Schreckstarre, bis Made wie ein Wasserfall auf Balinesisch auf den armen Wächter einredet. Nach einer kurzen Diskussion stolpert Made die wackeligen Stiegen hinunter und läuft zur letzten Hütte, Monikas Namen rufend. Keine Antwort. Gegen den Willen des Wärters, der es aber nicht verhindern kann, springt Made die Stufen hinauf und ballert mit den Fäusten an die Tür, keine Regung. Kurz entschlossen öffnet er die unverschlossene Tür, findet aber den Raum verlassen vor.

Dieter und Ellen folgen ihm, es ist mucksmäuschenstill. Schnell erklimmen sie die wackelige Treppe zum Balkon. Sie sehen Made auf dem Bett sitzend, einen Brief in den Händen haltend, Tränen rinnen aus seinen Augenwinkeln herab, er ist sprachlos.

Ellen nimmt den Brief und liest laut:

„Liebster Made,

bitte verzeih mir.

Dies ist mein fester Entschluss. Ich muss es tun, es gibt keinen anderen Ausweg für mich. Ich weiß, es ist das Beste für uns alle. Für Dich, für mich und für unsere Eltern.

Es wäre nicht gut gegangen mit uns. Zu viele kulturelle Unterschiede, die uns trennen und immer trennen werden. Ich habe viel überlegt in den letzten Tagen. Glaube mir, es ist besser so. Ich liebe Dich und werde Dich immer lieben, über den

Tod hinaus. Ich freue mich auf Dich in einem anderen Leben. Verzeih bitte meine krakelige Schrift, aber ich bin gestern gestürzt und habe mir das Handgelenk verstaucht.

Ich liebe Dich.

Deine Monika

Made sitzt apathisch da, in der einen Hand den Brief in der anderen Monikas Jacke. Spontan greift Ellen zum Handy:

„Ja Pak, bitte kommen sie sofort hierher, mit Hundestaffel, wir haben Monika knapp verpasst. Sie kann nicht weit sein. Sie hat einen Abschiedsbrief hinterlassen".

Als Made nach einigen Minuten wieder zu sich kommt, gleitet er wie in Trance die Stufen hinab, geht auf der ausreichend beleuchteten Anlage gedankenlos hin und her und ruft nach Monika.

Die niedrige Brüstung zu den Klippen ist nur unzureichend gesichert, da geht man besser nicht zu nahe dran. Ein falscher Tritt und man ist weg. Ellen denkt:

„Was ist, wenn Monika sich hier heruntergestürzt hat? Man kann nur hoffen, dass sie noch unsicher ist in der Entscheidung, sich das Leben zu nehmen. Ellen hat gelesen, dass viele Selbstmörder ihren Freitod fest entschlossen planen, dann aber in letzter Minute mit ihrer Entscheidung hadern. „Es ist also noch nichts verloren. Hoffentlich ist die Hundestaffel bald hier".

Zu Dieter gerichtet spricht sie: „Vielleicht passt du bitte auf Made auf, dass er keinen Blödsinn macht, ich werde derweil mit Pak Antonius alles weitere koordinieren."

„Du hast recht, Liebes", er gibt Ellen einen Kuss auf die Stirn und spielt Mades Schatten.

Das Gästepaar aus der ersten Hütte ist durch den Krach aufgewacht und beobachtet neugierig das Geschehen.

Da endlich, zwei weiße Scheinwerferpaare tauchen auf. Sie folgen der einzigen Straße weit und breit, langsam sich um die Hügel herum schlängelnd. Ellen geht hinunter zur Straße. Die Wagen halten an und Männer mit Hunden an der Leine springen vom Einsatzwagen.

Während Ellen und Pak Albertus zu Monikas Hütte aufsteigen, teilt sich die Hundestaffel auf, um das Gelände abzusuchen. Ellen bringt den Einwand, vielleicht sei es vernünftiger, an den Klippen anzufangen, Monika werde sich vielleicht hinunterstürzen, wenn sie das nicht schon getan habe.

Pak Albertus schaut sie verwundert an: „Glauben Sie im Ernst, Ellen, dass Monika hier war und den Abschiedsbrief hinterlassen hat?"

Oh, Mann! Wie Schuppen fällt es Ellen von den Augen. Wie konnte sie sich so einfach täuschen lassen? Na klar, es war Kadek.

Plötzlich ein fürchterliches Gebell der Hunde. Ein Schrei. Ein Mann ruft etwas. Die Hunde scheinen etwas gefunden zu haben. Pak Albertus sagt nur: „Die Hunde haben eine neue Spur gefunden und nehmen die Suche erneut auf, das ist gut. Bald haben wir sie."

„Komang hierher!"

Der Junge bugsiert die schlafende Monika auf seinem Kopf, wie er einen großen Sack Reis transportieren würde. Training hatte er dazu in seinem Leben zu Genüge.

„Wir müssen schnellstens weg. Sie haben Hunde auf uns angesetzt. Also nichts wie weg mit der Hexe."

Sie befinden sich an den Steiltreppen hinunter zum Strand. Von hier aus sind es noch bestimmt 200 Meter in die Tiefe. Mit gemeinsamer Kraft und auf das Zeichen: *„Satu, dua, TIGA"* ... bugsieren die beiden den Körper über die Reling. Monika fällt.

„Ha, endlich geschafft", sie hören noch, wie der Körper einige Male aufprallt.

Der Mond scheint fahl auf die Erde. In zwei Tagen ist Vollmond. Es ist geheimnisvoll still, kein Lüftchen bewegt das Blätterdach der alten Bäume. Nur einige Insekten zirpen. Allmählich wird das Gebell der Hunde lauter. Die Hundeführer laufen alle in eine Richtung. Sie nehmen den Pfad zum Suwehan Beach auf. Als Made diese Entwicklung wahrnimmt, rennt er der Hundestaffel hinterher.

Dieter und Ellen folgen in kurzem Abstand. Einer der Männer schreit in Richtung Pak Albertus:

„Die gesuchte Person ist den Abhang hinunter, die Hunde können nur langsam suchen, die Treppen sind steil." Pak Albertus fordert vorsorglich Helikopter und Arzt an.

„Dieter, ich habe solche Angst um Monika, jetzt mehr denn je, hoffentlich geht alles gut. Sie hören Mades traurige Stimme nach Monika schreien. Immer wieder: „Monika, Monika, ich bin hier, wo bist du?"

Die Hunde machen einen Radau sondergleichen. Im nächsten Moment haben sie Monikas Körper aufgespürt. Rettungseinheiten kommen mit Seilen und einer Trage. Made stürzt regelrecht die Stufen hinunter. Nach einigen Minuten hat er den Fundort erreicht.

Die geliebte Freundin hängt da über der Klippe, vom fahlen Mondlicht kalt beschienen. Verfangen in einer riesigen Baumwurzel, ein schwarzes Bündel Mensch, Arme und Beine hängen leblos herab.

![Die Klippen von Suwehan]

Die Klippen von Suwehan

Sonnenaufgang über der Straße von Lombok

*A*ls Made seine Freundin so leblos sieht, überkommt ihn ein mächtiger Wutanfall. Sein Gesicht verfärbt sich rötlich und eine dicke Ader auf seiner Stirn bläht sich mächtig auf.

„Warte nur, du Hexe, ich finde dich und mache dich fertig." Rasend vor Wut blicken seine großen schwarzen Augen wild hin und her. Adrenalingesteuert hechtet er die zahlreichen Stufen zurück nach oben, immer eine Stufe überspringend. Er ist zu allem fest entschlossen. Er späht nach oben und sieht die Schatten zweier Personen über die Tempelmauer klettern.

„Ah, da bist du ja, du Biest. Sei dir sicher, ich werde dich jagen, bis ich dich habe". Schnell rennt er zum Tempeleingang und späht. Sein erz pocht wild. Er duckt sich hinter einer Mauer. Vor Anstrengung zittern seine Hände. Vorsichtig, er will jetzt keinen Fehler machen, verharrt er konzentriert hinter einem Mauervorsprung. Kadek darf nicht wieder entkommen. Das Blut in seinen Adern pulsiert auf Hochtouren, aber ungeachtet dessen, schafft er es seine Aggression zu beherrschen und taktisch klug vorzugehen. Von Vernichtungsgedanken getrieben weiß er dennoch jede kleinste Bewegung zu kontrollieren, bis er Komangs Stimme hört:

„Ich will aber jetzt nicht mehr verstecken spielen, ich will jetzt wieder nach Bali, du hast es versprochen. Die dumme Kuh haben wir doch jetzt los, los komm, wir fahren jetzt nach Bali zurück." Mit einem einzigen Sprung kommt Made aus seiner Deckung heraus und überrascht die beiden. Einem Überlebensreflex folgend, kann Kadek sich jedoch direkt umdrehen und weglaufen. Doch nur einige Meter weiter hat Made sie auch schon gepackt.

„Was bildest du dir ein, du Hexe, was, um Himmels Willen, willst du von mir? Meinst du tatsächlich, ich wäre auch nur im Mindesten an dir interessiert?" Komang trommelt mit den Fäusten auf Mades Rücken, was diesem aber nicht abhält, weitere Schimpftiraden von sich zu geben. Made hält Kadek mit beiden Händen an den Oberarmen und schüttelt sie heftig.

„Du hast kein Herz, nur eine schwarze Seele, so schwarz wie die Nacht bei Neumond. Du bist krank, Kadek, sehr krank. Ich werde dafür sorgen, dass man dich einsperrt ins Irrenhaus nach Bangli, bis an dein Lebensende. Hast Du mich gehört?"

„Ha! Na und? aber sie ist tot, tot, Made! Hörst du? Monika ist tot" , kommt es hämisch aus Kadek hervor.

Komang hüpft derweil im Kreis herum und wiederholt singend:

„Monika ist mausetot, Monika ist mausetot."

Made verliert wieder seine Beherrschung und packt Kadek würgend am Hals:

„Ich hasse dich, du widerliche Ausgeburt". Erschrocken über sein eigenes Verhalten lässt er spontan von ihr ab. Sie antwortet ihm langsam, aber bestimmt. Ihre Stimme klingt verändert, wie besessen. Zynisch und schrill:

„Du, Made wirst Monika jedenfalls nicht mehr bekommen, und das fühlt sich so richtig gut an." Sie rotzt ihm mitten ins Gesicht, woraufhin er angewidert mit dem Ärmel den Rotz aus den Augen zu wischen versucht. Kadek nutzt diesen einen Moment, dreht sich um, läuft los. Immer schneller, während sie sich die Kehle aus dem Hals schreit. Kraftvoll und geschmeidig, einer Katze nachempfunden, springt sie auf die Tempelmauer.

Made, der nicht mehr den Versuch gemacht hat sie einzuholen, schaut über die Mauer und sieht wie Kadek mit einem riesigen Hechtsprung kopfüber die Klippen hinunterstürzt.

30. DIE BERGUNG

Made verharrt einige Sekunden reglos. Was hat er da gerade erlebt? Für eine Sekunde fühlt er einen Moment der Erleichterung. Dann dreht er sich um und will nur noch zu Monika. Komang steht hinter ihm, als ob er Made den Weg versperren wolle, macht ein blödes Gesicht und fragt: „Wo ist meine Schwester?" Kurzerhand nimmt Made ihn am Arm und zerrt ihn mit sich.

Die Bergungsleute haben schon einige Sicherungsseile gespannt und sich bis zu Monika hin vorgearbeitet. Jetzt sichern sie auch Monika mit Seilen. Sie sprechen die Verunglückte mit Namen an und lassen Wasser über ihr Gesicht rieseln. Monika erwacht aus ihrer Bewusstlosigkeit. Sie glaubt, Mades Stimme gehört zu haben. Sie öffnet halb die Augen und sieht den Rettungsmann an:

„Wasser", flüstert sie.

Wo ist sie? Ihr Körper ist zerschunden, aber sie spürt keinen Schmerz, sie sieht weit unter sich den Strand und verliert erneut das Bewusstsein.

Ein helles Licht umgibt sie, eine Wolke aus hellem, gleißendem Licht. Sie hört sanfte Musik und fühlt sich schwebend und grenzenlos. Sie sieht ihren eigenen Körper, wie er leblos in einer riesigen Wurzel hängt. Einige Männer agieren routiniert um sie herum. Sie erkennt Made als einen der Retter, dann ist sie wieder von dem weißen Licht umgeben.

Ein Rettungsmann schreit:

„Sie lebt, sie hat nach Wasser gefragt." Mit geschickten Handgriffen werden Knoten gesetzt, andere wieder gelöst. Mindestens acht Seile sichern Monikas Körper an Kopf, Schultern, Bauch, Hüften und Beinen. Acht Männer halten jeweils ein Seil. Made hält das für den Kopf verantwortliche Seil. Jetzt wird vorsichtig die Wurzel durchgesägt. Ganz langsam wird das Gewicht des Körpers nun von den acht Männern gehalten. Ein Mann sorgt mit einer langen Bambusstange dafür, genügend Abstand zur Böschung zu wahren. Wie ein Puppenspieler seine Strippen bedient, um einzelnen Körperteilen seiner Figur individuell Leben zu verleihen, so vereint agieren die acht Personen perfekt aufeinander abgestimmt und ziehen Monika behutsam Stück für Stück aus etwa 10 Meter Tiefe nach oben. Die Verletzte wird vorsichtig auf eine Trage gelegt und bis an den Parkplatz neben dem Tempel gebracht. Dort wartet bereits der Rettungshubschrauber, der die Verunglückte direkt ins Krankenhaus nach Denpasar auf Bali bringt.

Beim Abheben des Helikopters schwingt sich Made noch mal kurz aus der geöffneten Tür, blickt in Richtung Ellen und Dieter und verabschiedet sich mit einer Handbewegung, bei der sich sein Zeigefinger und Daumen berühren.

Nach einer Weile kommt auch schon der nächste Bergungstrupp zurück. Diesmal ist es der leblose Körper von Kadek. Schon vom Weitem sieht man die blutverschmierten Locken rechts und links von der Trage baumeln. Komang läuft schreiend auf seine Schwester zu, deren Gesicht nicht mehr zu erkennen ist. Da liegt sie, bekleidet mit einer Bluejeans und einem blauen T-Shirt, das sie schon seit Tagen trägt. Komang wirft sich über sie:

„Warum bist du nicht mit mir nach Bali zurück und hast stattdessen diesen dummen Sprung gewagt? Was mache ich jetzt ohne dich?" Er bricht in ein erbitterndes Geheule aus.

Ellen und Dieter gehen hinüber zu Pak Albertus, der geschäftig telefoniert. Sie wollen sich verabschieden, es gibt nun nichts mehr für sie hier zu tun. Ellen wagt einen letzten Blick hinüber zu dem Leichnam. Etwas Glitzerndes an der Jeans fällt ihr auf. Sie wagt sich näher heran und erkennt einen Muschelanhänger. Sofort blitzt es in ihrem ermüdeten Hirn. Sie dreht die Muschel um und erkennt deutlich die Initialen MK in der silbernen Einfassung.

Sie erklärt Pak Albertus und Dieter die Hintergründe dieses Anhängers.

„Schon vor mehr als einem Jahr ist dieser Anhänger gestohlen worden. Es war Monikas Glücksmuschel.

Und seit dem Zeitpunkt des Abhandenkommens ist auch Monikas Glück verschwunden. Bitte, Pak Albertus, sorgen sie dafür, dass diese Glücksmuschel wieder ihre rechtmäßige Besitzerin findet. Es wird Monika bei der Genesung bestimmt helfen."

Zurück in ihrer Hütte, bleiben Dieter und Ellen noch lange wach, zu aufgekratzt, als dass sie jetzt noch Schlaf finden könnten. Auf ihrem Balkon über den Klippen sitzen die beiden still nebeneinander und schauen auf den riesengroßen Ozean. Im Schein des Mondes, der sich silbern auf der schwarzen Wasseroberfläche spiegelt, kommt ihnen alles so unwirklich vor. Gespenstisch. Was ist da gerade alles passiert? Und bald diskutieren sie, wie und warum es zu solch extremen Verwirrungen in Kadeks Psyche hatte kommen können. Schließlich fallen sie doch noch in einen flachen, unruhigen Schlaf. Ein leichter Wind kommt auf, der das Dach der Hütte zum Schwingen bringt. Ein merkwürdiges Gefühl. Ellen träumt, sie sei auf einem Schiff. Sie erwacht vom Geräusch des Regens. Verschlafen richtet Ellen sich auf. Sie stellt sich gerade vor, wie es wohl wäre, wenn der Wind stärker würde. Ob er das Dach abtragen und sie alle geradewegs über die Klippen fegen würde? Nicht auszudenken.

Sie schaut neben sich aber das Bett ist leer, wo ist Dieter? Ellen steht im Nullkommanichts senkrecht im Bett. Mit gedämpfter Stimme ruft sie seinen Namen. Die Antwort kommt von unter der Hütte.

„Ich bin hier Schatz, ich überprüfe gerade die baulichen Verhältnisse." Er steht unter der Hütte, das Licht seines Handys auf die Balken gerichtet. „Nicht gerade vertrauenswürdig."

Von Schlaf kann jetzt keine Rede mehr sein. Es ist 5.30 Uhr früh. Bald ist Sonnenaufgang. Der Regen lässt langsam nach. Ellen bereitet zwei Bali-Kaffee aus der Fertigpackung vor. Sie setzen sich an den Tisch mit Blick auf das Meer und schlürfen genüsslich den süßen Kaffee.

Auf der Holzbank ihres Baumhauses sitzend, die Ellenbogen auf dem Tisch vor ihnen abgestützt, schauen sie wieder gedankenverloren aufs Meer. Da wird endlich die erste zartgelbe Verfärbung des Himmels sichtbar. Ganz langsam vergrößert sich dieser Spalt in den Wolken und das Gelb intensiviert sich und geht über in ein kräftiges Orange. Bald erstrahlt der Horizont in einem orange-hellblauen Farbenspiel. Ein berauschender Eindruck. Ellens Gefühle gehen mit ihr durch. Soll sie weinen oder lachen? Die letzten Tage waren so angespannt gewesen. Geendet mit einem dramatischen Finale, und es herrscht immer noch Ungewissheit über Monikas Gesundheitszustand. Und jetzt diese einmalige Schönheit der Natur. Vor ihnen liegt weit und breit der dunkelblaue Ozean, die Straße von Lombok. Sie wird auch im biogeografischen Zusammenhang als Wallace-Linie bezeichnet. Hier trennt sich die Fauna in einen indo-malayischen und einen austral-asiatischen Teil. Im Hintergrund erkennt man vage die

Nachbarinsel Lombok. Im Vordergrund wirft sich türkisfarbenes Wasser mit schäumenden Kronen auf, während sich die aufpeitschende Brandung mit dem hellbeigen Sand vereint.

Kadek ist endlich angekommen an einem Platz der Ruhe, wo ihre krankhafte Eifersucht weder sie noch andere zu quälen vermag.

31 LETZTE NACHT IM PARADIES

Im Blue Harbour findet die Familie Miebach endlich wieder zusammen. Sie haben für diesen Abend ein Barbecue bestellt, frischen Fisch und anderes Meeresgetier. Sie haben Pak Albertus dazu eingeladen. Das Ehepaar Körner, Monikas Eltern, sind natürlich am Morgen schon zurück nach Bali, um ihrer Tochter beizustehen.

Monika hat überlebt, ihr Zustand ist ernst, aber stabil. Man hat sie in ein künstliches Koma versetzt, um die Brüche zu richten an Hüfte und Schulter. Gehirnerschütterung, einige Rippen sind geprellt und der ganze Körper mit Hautabschürfungen übersät. Sie hat viel Blut verloren. Dazu kommen noch die Verletzungen aus den Misshandlungen in der Gefangenschaft. Die Ärzte meinen, es sei ernst, aber sie sei außer Lebensgefahr, wenn nicht noch Komplikationen auftauchen sollten. Made ist die ganze Zeit bei ihr und kümmert sich liebevoll.

Dieter liegt entspannt auf der Liege, mit Ohrstöpseln Musik hörend. Seit der Zeit in Buenos Aires hat er sich angewöhnt, viel Tango-Musik zu hören. Auch während seiner Zeit im Ashram in Poona hat er Leute getroffen, die Tango tanzen. Mit ihnen hat er des Öfteren Milongas besucht. Nun hört er sich gerade *Yuyu Brujo* an von *Juan D'Arienzo*, seinem Lieblingsorchester.

Die beiden Frauen schwimmen erst einige Runden im Pool, dann machen sie sich auf zu einer kleinen Strandwanderung. Der feine, helle Sand ist fest und eignet sich hervorragend zum Spazierengehen. Es ist Ebbe und die Unterwassergärten liegen weitläufig vor ihnen, sie werden durch eine natürliche Korallenbank geschützt. Es tut sich allerhand in diesen Seegrasgärten. Kinder tummeln sich, Männer ernten Seegras. Eine alte Frau dreht jede größere Koralle um, um Krebse zu fangen. Später am Abend, wenn die Flut einsetzt, iwird alles wieder verschwunden sein unter einer helltürkisfarbenen Wasseroberfläche. Märchenhaft.

Während Ellen ihrer Mutter die ganze Geschichte im Detail erzählt, gehen die beiden Frauen in ungewohnter Eintracht Arm in Arm den Strand entlang.

Das Barbecue ist angerichtet, ein wunderschöner Sonnenuntergang ist zu sehen, und der gegrillte Fisch riecht schon mal herrlich. Dazu gibt es Reis und scharfe Soßen, aber auch Salat und Pommes frites dürfen nicht fehlen. Dazu kaltes Bintang, und die Damen nehmen einen Weißwein. Pak Albertus ist auch schon eingetroffen, so ist die Gesellschaft komplett. Er bedankt sich mehrmals bei Ellen, Dieter und Frau Miebach für die tatkräftige Unterstützung, besonders hebt er Ellens Mitwirken bei der Fallaufklärung heraus. Mama

Miebach ist mächtig stolz auf ihre Tochter. Sie meint dazu:

„Also, wenn ich das meinen Canasta-Damen erzähle, die werden denken, ich wolle mit meiner Tochter angeben." Alle lachen.

Ellen möchte wissen, ob es Neuigkeiten um das Verschwinden des Pick-up-Fahrers gibt, ob er wiederaufgetaucht sei. Dies muss der Polizist leider verneinen. „Es gibt keine neuen Informationen. Wir haben sogar Komang befragt, der konnte aber nur so viel mitteilen, als dass er geschlafen hat auf der Ladepritsche. Zuerst sei seine Schwester die Beifahrerin im Führerhaus gewesen, dann, als Komang wach wurde, sei Kadek selbst gefahren. Mehr wissen wir bisher nicht."

„Der Muschelanhänger, hat Monika ihn zurückbekommen können?"

„Ja, sicher. Wir haben den Schluessel Made übergeben", kommt es spontan zurück.

Als die Gruppe fertig gespeist hat und es auch schon dunkel geworden ist, setzt Pak Albertus zur Verabschiedung an, aber Dieter redet ihm das aus. Alle werden zu einer etwas bequemeren Sesselgruppe auf der Terrasse vor der Lobby geführt. Man genießt den herrlichen Blick auf den von Scheinwerfern angestrahlten Ozean. In der Ferne sind die Lichter von Sanur zu erkennen. Dieter spendiert der Runde einen Drink, als plötzlich aus den Lautsprechern *La Cumparsita* ertönt. Ellen ist etwas erschrocken und sieht Dieter an, der lächelt nur, steht auf, nimmt seine Freundin bei der Hand und sagt:

„Schatz, ich habe so lange darauf gewartet, mit dir zu tanzen, jetzt will ich nicht mehr länger ausharren."

„Aber so ganz ohne Schuhe?"

„Seit wann ist Improvisation ein Hindernis für dich?"

„Stimmt auch wieder." Beide streifen ihre Flipflops von den Füßen, schreiten zur Mitte der Terrasse und tanzen in absoluter Hingabe zur Musik. Die bewundernden Blicke der Leute, insbesondere von Mama Miebach, bekommt das Paar nicht mit, sie sind nun ganz mit sich selbst beschäftigt.

Sonnenuntergang im Paradies